[illegible]

[illegible]

[illegible]

MARTIROLOGE

OU

MEMOIRE

DE

TOUTES LES FONDATIONS

FAITES DANS L'EGLISE

DE S· GERMAIN LE VIEIL,

RENOUVELLÉ ET REDIGÉ

PAR MESSIEURS LE CURE', MARGUILLIERS & Anciens Marguilliers de ladite Eglise, en presence de Messieurs Roynette Grand Vicaire, & Dreux Sous-Chantre, Chanoine & Vicegerent de l'Officialité à Paris, le vingt-sixiéme Aoust mil six cent quatre-vingt-dix-huit.

S. GERMAIN EVESQVE DE PARIS.

JANVIER.

 DIMANCHE. Le Tabernacle ſera découvert, ſix Chandeliers d'argent ſur l'Autel, la Crédence préparée à côté de l'Autel , ſur laquelle ſera poſé le Calice , &autres choſes neceſſaires pour la Meſſe.

Nappe de Communion pour les Clercs, & au Baluſtre pour le Peuple.

OFFICE ſera ſonné le premier coup à huit heures & demie des quatre groſſes cloches.

Le ſecond, un quart aprés des deux groſſes, le dernier à neuf heures à l'ordre de Monſieur le Curé des quatre groſſes cloches qui ſeront tintées à la fin, enſuite ſera ſonné la ſeconde cloche, & tintée quelque temps.

PROSNE. Monſieur le Curé ſera conduit en Chaire par un Bedeau en robbe, qui ſe trouvera au Chœur à tout l'Office.

BENEDICTION & Aſperſion de l'Eau, à laquelle deux Bedeaux ſe trouveront, l'un pour porter le Benîtier pendant la benediction & aſperſion , l'autre pour conduire Monſieur le Curé.

PROCESSION à l'entour de la Paroiſſe, fondée par Guillaume Paulmier.

Au retour de la Proceſſion ſera chanté par les deux Enfans de chœur *Requieſcant in pace*, pour Guillaume Paulmier & Martial d'Auvergne, & le reſte des Prieres par eux fondées a eſté commué & compris dans Tierce qui ſe dira en rentrant dans le Chœur, grande Meſſe, Orgues, Pain benit, Offrande du Peuple, fin de la Meſſe *O Sacrum*, fondation d'Antoine Verart, à l'intention duquel ſera dit *Requieſcat in pace* , & immediatement aprés Sexte, en quoy la fondation dudit Verart a eſté commué & y compriſe.

COMMUNION à la Chapelle des Fonds.

SERMON ſonné. Le premier coup à une heure aprés midy de

A

la feconde groffe cloche : le fecond coup à une heure & demie de la mefme cloche ; le dernier coup un quart aprés de la mefme cloche qui fera tintée quelque temps , enfin la cinquiéme cloche fera tintée, pendant quoy le Clerc de l'Oeuvre portera au Predicateur le furplis & bonnet, & à deux heures precifes le conduira en chaire precedé d'un Bedeau.

VESPRES fonnées d'une volée des quatre groffes cloches qui feront tintées, Orgues.

SALUT du Saint Sacrement fondé par Catherine Baudu veuve Defbans, fonné le premier coup à quatre heures & demie des quatre groffes cloches : le fecond un quart aprés des deux cloches : le troifiéme carillonné à cinq heures à l'ordre de M^r le Curé. Le beau Soleil , quatre petits Chandeliers d'argent à côté du Saint Sacrement, outre les Chandeliers de l'Autel.

Orgues à tous les Saluts de l'année.

Lundy. MESSE haute *de Requiem*, pour Guillaume Choart, fonnée d'une volée des deux moyennes cloches, & une pareille volée à la fin de la MESSE *au Libera*.

Mardy. MESSE baffe, Marie Lempereur.

MESSE baffe, Marie Hachette.

Mercredy. MESSE baffe, Jeanne le Prieur.

Jeudy. MESSE haute du Saint Sacrement, fonnée à huit heures & demie, le premier coup des quatre moyennes cloches : le fecond, un quart aprés des deux moyennes ; le dernier à neuf heures, par ordre de M^r le Curé des quatre moyennes qui feront tintées à la fin, Credence preparée, Nappe de communion au baluftre, petit Soleil.

SALUT fondé par Guillaume Frezon, fonné à quatre heures & demie aprés midi : le premier coup des quatre moyennes cloches : le fecond, un quart aprés des deux moyennes : le troifiéme & dernier des quatre moyennes qui feront tintées à la fin, petit Soleil.

Vendredy. MESSE baffe, Nicolle le Lorrain.

MESSE baffe, Marie Lempereur.

MESSE baffe, Marie Hachette.

Samedy. VESPRES fonnées : le premier coup par le Clerc de l'Oeuvre à une heure & demie d'une des moyennes cloches : le fecond, un quart aprés de la mefme cloche ; le dernier à deux heures à l'ordre de M^r le Curé des deux moyennes cloches qui feront tintées à la fin. Chapes.

DIMANCHE. Quatre Chandeliers fur l'Autel , la Credence preparée, fur laquelle le Calice, Nappe de communion, & autres chofes neceffaires, Nappe de communion au baluftre ; l'Office fera fonné : le premier coup à huit heures & demie des quatre

.oyennes cloches : le fecond , un quart aprés des deux moyennes : le troifiéme , à neuf heures à l'ordre de M^r le Curé des quatre moyennes cloches qui feront tintées à la fin , enfuite fera fonné la feconde cloche & tintée quelque temps.

PROSNE. M^r le Curé fera conduit en chaire par un Bedeau en robbe, qui fe trouvera au chœur à tout l'Office.

Tierce.

BENEDICTION & Afperfion de l'Eau , à laquelle les deux Bedeaux fe trouveront , l'un pour le Benîtier pendant la benediction & afperfion , l'autre pour conduire M^r le Curé.

PROCESSION à l'entour de l'Eglife de la fondation de Guillaume Paulmier , pour lequel Prieres au retour & pour Martial d'Auvergne, comme deffus.

Grande Meffe, Pain benit, Offrande du Peuple.

Sexte.

None.

VESPRES fonnées : le premier coup à deux heures des quatre moyennes cloches : le fecond, un quart aprés des deux moyennes : le dernier à deux heures & demie , à l'ordre de M^r le Curé, lequel fera conduit au Chœur par un Bedeau en robbe qui y reftera pendant tout l'Office.

SALUT du Saint Sacrement fondé par Jean-Baptifte Mathieu & Barbe Renoult fa femme ; le petit Soleil, outre les Chandeliers de l'Autel, quatre petits Chandeliers d'argent aux côtez du Saint Sacrement : le premier coup fera fonné à quatre heures & demie des quatre moyennes cloches : le fecond, un quart aprés des deux moyennes ; le troifiéme & dernier à cinq heures, à l'ordre de M^r le Curé, lequel fera conduit à l'Autel par un Bedeau en robe, qui reftera au Chœur pendant l'Office.

2 Lundy.

2 Mardy.

2 Mercredy.

2 Jeudy. Meffe haute du S. Sacrement fonnée : le premier coup à huit heures & demie des quatre moyennes cloches : le fecond, un quart aprés des deux moyennes cloches : le troifiéme à neuf heures, ordre de M^r le Curé des quatre moyennes cloches qui feront tintées à la fin, Credence preparée, Nappe de communion au baluftre , petit Soleil, quatre petits Chandeliers d'argent, outre ceux de l'Autel. M^r le Curé fera conduit à l'Autel par un Bedeau en robbe.

SALUT fondé par Guillaume Daubray & Marguerite Mulets, fonné à quatre heures du foir : le premier coup des quatre moyennes cloches : le second, un quart aprés des deux moyennes : le dernier à cinq heures, à l'ordre de M^r le Curé qui seront tintées à la fin, petit Soleil, quatre petits Chandeliers d'argent, outre ceux de l'Autel. M^r le Curé sera conduit à l'Autel & au Chœur par un Bedeau en robbe, ce qui sera observé dans tous les Offices des Dimanches, Jeudis, & autres jours de l'année.

    2. Vendredy.

    2. Samedy.

        Vespres, le premier coup sonné à une heure & demie par le Clerc de l'Oeuvre des deux moyennes Cloches; le second un quart aprés d'une des mêmes Cloches; le troisiéme à deux heures, ordre de M^r le Curé des deux moyennes Cloches qui seront tintées. Chapes.

TROISIE'ME DIMANCHE. Salut fondé par Jacques Lelarge Prestre, Vespres du Saint Sacrement, tout l'Office comme au second Dimanche.

    3. Lundy.

    3. Mardy.

    3. Mercredy.

    3. Jeudy, comme au second Jeudy. Salut fondé par Marie le Maire veuve François Jacques.

    3. Vendredy.

    3. Samedy, comme au second Samedy.

QUATRIE'ME DIMANCHE. Salut fondé par Jacques Lelarge Prestre, l'Office comme au second Dimanche.

    4. Lundy.

    4. Mardy.

    4. Mercredy.

    4. Jeudy. Salut fondé par Estiennette Verité, veuve Claude Chaudun. L'Office comme au second Jeudy.

    4. Vendredy.

    4. Samedy, comme au second Samedy.

CINQUIE'ME DIMANCHE. Tout l'Office se fait comme au second Dimanche cy-dessus.

    5. Lundy.

    5. Mardy.

    5. Mercredy.

    5. Jeudy, comme au second Jeudy. Salut fondé par René Veron, au cas qu'il n'ait esté dit en Decembre.

    5. Vendredy.

    5. Samedy, comme au second Samedy. Vespres.

FEVRIER.

PREMIER DIMANCHE. Comme au premier Dimanche de Janvier. Salut du fonds de Guillaume Daubray & Marguerite Mulets.

1. Lundy, comme au premier Lundy de Janvier, M. haute de *Req.* pour Guillaume Choart.

1. Mardy, M. b. Marie Lempereur.
   Marie Hachette

1. Mercredy. M. b. Jeanne Leprieur.

1. Jeudy. Salut fondé par Guillaume Frezon , le reste comme le premier Jeudy de Janvier

1. Vendredy. M. b. Nicolle le Lorrain.
   M. b. Marie Lempereur.
   M. b. Marie Hachette.

1. Samedy , comme au premier Samedy de Janvier.

SECOND DIMANCHE. Comme au second Dimanche de Janvier. Salut du Saint Sacrement fondé par Jean-Baptiste Mathieu.

2. Lundy.

2. Mardy.

2. Mercredy.

2. Jeudy. Comme au second Jeudy de Janvier. Salut du Saint Sacrement, fondé par Guillaume Daubray & Marguerite Mulets.

2. Vendredy.
   Samedy. Comme au second Samedy de Janvier. Vespres.

TROISIE'ME DIMANCHE. Comme au second Dimanche de Janvier. Salut du Saint Sacrement fondé par Jacques Lelarge Prestre.

3. Lundy.

3. Mardy.

3. Mercredy.

3. Jeudy. Comme au second Jeudy de Janvier. Salut du Saint Sacrement , fondé par Marie Lemaire veuve de François Jacques.

3. Vendredy.

3. Samedy. Comme au second Samedy de Janvier. Vespres.

QUATRIE'ME DIMANCHE. Comme au second Dimanche de Janvier. Salut du Saint Sacrement, fondé par Jacques Lelarge Prestre.

4. Lundy.

4. Mardy.

4. Mercredy.

4. Jeudy. Comme au second Jeudy de Janvier. Salut du Saint Sacrement, fondé par Estiennette Verité, veuve Claude Chaudun.

4. Vendredy.

4. Samedy. Vespres.

CINQUIE'ME DIMANCHE. Comme au second Dimanche de Janvier. Sans Salut.

5. Lundy.

5. Mardy.

5. Mercredy.

5. Jeudy. Comme au second Jeudy de Janvier. Sans Salut.

5. Vendredy,

5. Samedy. Vespres.

ℳ A R S.

PREMIER DIMANCHE. Office comme au premier Dimanche de Janvier.
    Salut du fonds de Guillaume Daubray.
1. Lundy. M. haute de *Requiem* pour Guillaume Choart.
1. Mardy. M. b. Pierre Boüer.
      M. b. Marie Lempereur.
      M. b. Marie Hachette.
1. Mercredy. M. b. Jeanne Leprieur.
1. Jeudy. Salut du S. Sacrement, fondé par Guillaume
    Frezon, le reste comme au 1ᵉ. Jeudy de Janvier.
1. Vendredy. M. b. Nicolle Lelorrain.
      M. b. Marie Lempereur.
      M. b. Marie Hachette.
1. Samedy, Vespres.
SECOND DIMANCHE. L'Office comme au second Dimanche de Janvier. Salut du S. Sacrement, fondé par
Jean Mathieu & Barbe Renout.
2. Lundy.
2. Mardy.
2. Mercredy.
2. Jeudy. Comme au second Jeudy de Janvier. Salut du
    S. Sacrement, fondé par Guillaume Daubray.
2. Vendredy.
2. Samedy. Vespres.
TROISIE'ME DIMANCHE. Comme au second Dimanche de
Janvier. Salut du S. Sacrement, fondé par Jacques
Lelarge, Prestre.
3. Lundy.
3. Mardy.
3. Mercredy.
3. Jeudy. Comme au second Jeudy de Janvier. Salut du
    S. Sacrement, fondé par Marie le Maire, veuve
François Jacques.
3. Vendredy.
    Samedy. Vespres.
QUATRIE'ME DIMANCHE. L'Office comme au second Di-

manche de Janvier. Salut du S. Sacrement, fondé par Jacques Lelarge, Prestre.

4. Lundy.

4. Mardy.

4. Mercredy.

4. Jeudy. Comme au second Jeudy de Janvier. Salut du S. Sacrement, fondé par Estiennette Verité, veuve de Claude Chaudun.

4. Vendredy.

4. Samedy. Vespres.

CINQUIE'ME DIMANCHE. Office comme au second Dimanche de Janvier, sans Salut.

5. Lundy.

5. Mardy.

5. Mercredy.

5. Jeudy. Office comme au second Jeudy de Janvier, sans Salut.

5. Vendredy.

Samedy. Vespres.

Avril.

AVRIL.

Pʀᴇᴍɪᴇʀ Dɪᴍᴀɴᴄʜᴇ. Office comme au premier Diman-
    che de Janvier.

    Salut du Saint Sacrement, fondé par Guillaume
    Daubray.

    1. Lundy. ᴍ. haute de *Requiem*, Guillaume Choart.

    1. Mardy. ᴍ. b. Marie Lempereur.
        ᴍ. b. Marie Hachette.

    1. Mercredy. ᴍ. b. Jeanne Leprieur.

    1. Jeudy. Comme au premier Jeudy de Janvier. Salut du
    S. Sacrement, fondé par Guillaume Frezon.

    1. Vendredy. ᴍ. b. Nicolle Lelorrain.
        ᴍ. b. Marie Lempereur.
        ᴍ. b. Marie Hachette.

    1 Samedy. Vespres.

Sᴇᴄᴏɴᴅ Dɪᴍᴀɴᴄʜᴇ. Office comme au second Dimanche
    de Janvier, sans Salut.

    2. Lundy.
    2. Mardy.
    2. Mercredy.
    2. Jeudy. Comme au second Jeudy de Janvier. Salut du
    S. Sacrement, fondé par Guillaume Daubray.

    2. Vendredy.
    2. Samedy. Vespres.

Tʀᴏɪsɪᴇ'ᴍᴇ Dɪᴍᴀɴᴄʜᴇ. Comme au second Dimanche
    de Janvier. Salut fondé par Jacques Lelarge Prestre.

    3. Lundy.
    3. Mardy.
    3. Mercredy.
    3. Jeudy. Comme au second Jeudy de Janvier. Salut du
    Saint Sacrement, fondé par Marie Lemaire, veuve
    François Jacques.

    3. Vendredy.
    3. Samedy. Vespres.

Qᴜᴀᴛʀɪᴇ'ᴍᴇ Dɪᴍᴀɴᴄʜᴇ. Office comme au second Di-
    manche de Janvier, sans Salut.

    4. Lundy.
    4. Mardy.

4. Mercredy.

4. Jeudy. Comme au second Jeudy de Janvier. Salut du S. Sacrement, fondé par Estiennette Verité, veuve Claude Chaudun.

4. Vendredy.

4. Samedy. Vespres.

CINQUIE'ME DIMANCHE. Office comme au second Dimanche de Janvier, sans Salut.

5. Lundy.

5. Mardy.

5. Mercredy.

5. Jeudy. Office comme au second Jeudy de Janvier, sans Salut.

5. Vendredy.

5. Samedy. Vespres.

M A Y.

PREMIER DIMANCHE. Office comme au premier Dimanche de Janvier. Salut du fonds de Guillaume
Daubray.
Messe basse pour Estiennette Verité.
1. Lundy. M. haute de *Requiem* pour Guillaume Choart.
1. Mardy. M. b. Marie Lempereur.
M. b. Marie Hachette.
1. Mercredy. M. b. Jeanne Leprieur.
1. Jeudy. Office comme au premier Jeudy de Janvier,
sans Salut.
1. Vendredy. M. b. Nicolle Lelorrain.
M. b. Marie Lempereur.
M. Marie Hachette.
1. Samedy. Vespres.
SECOND DIMANCHE. Office comme au second Dimanche
de Janvier, sans Salut.
2. Lundy.
2. Mardy.
2. Mercredy.
2. Jeudy. Comme au second Jeudy de Janvier. Salut
du S. Sacrement, fondé par Guillaume Daubray.
2. Vendredy.
2. Samedy. Vespres.
TROISIE'ME DIMANCHE. Office comme au second Dimanche de Janvier, sans Salut.
3. Lundy.
3. Mardy.
3. Mercredy.
3. Jeudy. Office comme au second Jeudy de Janvier,
sans Salut.
3. Vendredy.
3. Samedy, Vespres.
QUATRIE'ME DIMANCHE. Office comme au second Dimanche de Janvier, sans Salut.
4. Lundy.
4. Mardy.

4. Mercredy.

4. Jeudy. Comme au second Jeudy de Janvier, fans Salut.

4. Vendredy.

4. Samedy. Vefpres.

CINQUIE'ME DIMANCHE. Office comme au fecond Dimanche de Janvier, fans Salut.

5. Lundy.

5. Mardy.

5. Mercredy.

5. Jeudy. Comme au fecond Jeudy de Janvier, fans Salut.

5. Vendredy.

5. Samedy. Vefpres.

Juin

JUIN.

PREMIER DIMANCHE. Office comme au premier Dimanche de Janvier. Salut du S. Sacrement du fonds de Guillaume Daubray,

      M. b. Eftiennette Verité.

1. Lundy. M. haute de *Requiem* de Guillaume Choart.
1. Mardy. M. b. Marie Lempereur.
      M. b. Marie Hachette.
1. Mercredy. M. b. Jeanne Leprieur.
1. Jeudy. Office comme au fecond Jeudy de Janvier, fans Salut.
1. Vendredy. M. b. Marie Lempereur.
      M. b. Marie Hachette.
1. Samedy. Vefpres.

SECOND DIMANCHE. Office comme au fecond Dimanche de Janvier, fans Salut.

2. Lundy.
2. Mardy.
2. Mercredy.
2. Jeudy. Comme au fecond Jeudy de Janvier. Salut du S. Sacrement, fondé par Guillaume Daubray.
2. Vendredy.
2. Samedy. Vefpres.

TROISIE'ME DIMANCHE. Office comme au fecond Dimanche de Janvier, fans Salut.

3. Lundy.
3. Mardy.
3. Mercredy.
3. Jeudy. Office comme au fecond Jeudy de Janvier, fans Salut.
3. Vendredy.
3. Samedy. Vefpres.

QUATRIE'ME DIMANCHE. Office comme au fecond Dimanche de Janvier, fans Salut.

4. Lundy.
4. Mardy.
4. Mercredy.

4. Jeudy. Office comme au second Jeudy de Janvier,
     fans Salut.
4. Vendredy.
4. Samedy. Vefpres.
CINQUIE'ME DIMANCHE. Office comme au fecond Di-
     manche de Janvier, fans Salut.
5. Lundy.
5. Mardy.
5. Mercredy.
5. Jeudy. Office comme au fecond Jeudy de Janvier, fans
     Salut.
5. Vendredy.
5. Samedy. Vefpres.

JUILLET.

PREMIER DIMANCHE. Office comme au premier Diman-
manche de Janvier. Salut du Saint Sacrement du
fonds de Guillaume Daubray.

1. Lundy. M. haute de *Requiem* Guillaume Choart.
1. Mardy. M. b. Marie Lempereur.
1. Mercredy. M. b. Jeanne Leprieur.
1. Jeudy. Office comme au second Jeudy de Janvier, sans
Salut.
1. Vendredy. M. b. Marie Lempereur.
                    M. b. Marie Hachette.
1. Samedy. Vespres.

SECOND DIMANCHE. Office comme au second Dimanche
de Janvier, sans Salut.

2. Lundy.
2. Mardy.
2. Mercredy.
2. Jeudy. Office comme au second Jeudy de Janvier. Salut du S. Sacrement fondé par Guillaume Daubray.
2. Vendredy.
2. Samedy. Vespres.

TROISIE'ME DIMANCHE. Office comme au second Dimanche de Janvier, sans Salut.

3. Lundy.
3. Mardy.
3. Mercredy.
3. Jeudy. Office comme au second Jeudy de Janvier, sans
Salut.
3. Vendredy.
3. Samedy. Vespres.

QUATRIE'ME DIMANCHE. Office comme au second Dimanche de Janvier, sans Salut.

4. Lundy.
4. Mardy.
4. Mercredy.
4. Jeudy. Office comme au second Jeudy de Janvier, sans
Salut.

4. Vendredy.
4. Samedy. Vespres.
CINQUIE'ME DIMANCHE. Office comme au second Dimanche de Janvier, sans Salut.
5. Lundy.
5. Mardy.
5. Mercredy.
5. Jeudy. Office comme au second Jeudy de Janvier, sans
Salut.
5. Vendredy.
Samedy. Vespres.

Aoust

AOUST.

PREMIER DIMANCHE. Office comme au premier Dimanche de Janvier. Salut du Saint Sacrement du fonds de Guillaume Daubray.

1. Lundy. M. b. de *Requiem* de Guillaume Choart.
1. Mardy. M. b. Marie Lempereur.
1. Mercredy. M. b. Jeanne Leprieur.
1. Jeudy. Office comme au second Jeudy de Janvier, sans Salut.
1. Vendredy. M. b. Marie Lempereur.
             M. b. Marie Hachette.
1. Samedy. Vespres.

SECOND DIMANCHE. Office comme au second Dimanche de Janvier, sans Salut

2. Lundy.
2. Mardy.
2. Mercredy.
2. Jeudy. Office comme au second Jeudy de Janvier. Salut fondé par Guillaume Daubray.
2. Vendredy.
2. Samedy. Vespres.

TROISI'EME DIMANCHE. Office comme au second Dimanche de Janvier, sans Salut.

3. Lundy.
3. Mardy.
3. Mercredy.
3. Jeudy. Office comme au second Jeudy de Janvier, sans Salut.
3. Vendredy.
3. Samedy. Vespres.

QUATRIEME DIMANCHE. Office comme au second Dimanche de Janvier, sans Salut.

4. Lundy.
4. Mardy.
4. Mercredy.
4. Jeudy. Comme au second Jeudy de Janvier, sans Salut.

4. Vendredy.

4. Samedy. Vespres.

CINQUIEME DIMANCHE. Office comme au second Dimanche de Janvier, sans Salut.

5. Lundy.

5. Mardy.

5. Mercredy.

5. Jeudy. Comme au second Jeudy de Janvier, sans Salut.

5. Vendredy.

Samedy. Vespres.

SEPTEMBRE.

PREMIER DIMANCHE. Office comme au premier Dimanche
de Janvier. Salut du Saint Sacrement du fonds de
Guillaume Daubray.

1. Lundy. M. haute de *Requiem* Guillaume Choart.
1. Mardy. M. b. Marie Lempereur.
1. Mercredy. M. b. Jeanne Leprieur.
1. Jeudy. Office comme au second Jeudy de Janvier, sans
Salut.
1. Vendredy. M. b. Marie Lempereur.
M. b. Marie Hachette.
1. Samedy. Vespres.

SECOND DIMANCHE. Office comme au second Dimanche
de Janvier, sans Salut.

2. Lundy.
2. Mardy.
2. Mercredy.
2. Jeudy. Office comme au second Jeudy de Janvier.
Salut fondé par Guillaume Daubray.
2. Vendredy.
2. Samedy. Vespres.

TROISIE'ME DIMANCHE. Office comme au second Dimanche de Janvier, sans Salut.

3. Lundy.
3. Mardy.
3. Mercredy.
3. Jeudy.
3. Vendredy.
3. Samedy. Vespres.

QUATRIE'ME DIMANCHE. Office comme au second Dimanche de Janvier, sans Salut.

4. Lundy.
4. Mardy.
4. Mercredy.
4. Jeudy.
4. Vendredy.

4. Samedy. Vespres

CINQUIE'ME DIMANCHE. Office comme au second Dimanche de Janvier, sans Salut.

5. Lundy.
5. Mardy.
5. Mercredy.
5. Jeudy.
5. Vendredy.
5. Samedy. Vespres.

Octobre.

OCTOBRE.

PREMIER DIMANCHE. Office comme au premier Dimanche de Janvier. Salut du S. Sacrement, du fonds de
Guillaume Daubray.

r. Lundy. M. haute de *Requiem*, Guillaume Choart.

1. Mardy. M. b. Marie Lempereur.

1. Mercredy. M. b. Jeanne Leprieur.

1. Jeudy.

1. Vendredy. M. b. Marie Lempereur.
           M. b. Marie Hachette.

1. Samedy. Vespres.

SECOND DIMANCHE. Office comme au second Dimanche
de Janvier, sans Salut.

2. Lundy.

2. Mardy.

2. Mercredy.

2. Jeudy. Salut fondé par Guillaume Daubray.

2. Vendredy.

2. Samedy. Vespres.

TROISIE'ME DIMANCHE. Office comme au second Dimanche de Janvier, sans Salut.

3. Lundy.

3. Mardy.

3. Mercredy.

3. Jeudy.

3. Vendredy.

3. Samedy. Vespres.

QUATRIE'ME DIMANCHE. Office comme au second Dimanche de Janvier, sans Salut.

4. Lundy.

4. Mardy.

4. Mercredy.

4. Jeudy.

4. Vendredy.

4. Samedy. Vespres.

CINQUIE'ME DIMANCHE. Office Comme au second Dimanche de Janvier, sans Salut.

5. Lundy.

5. Mardy.

5. Mercredy.

5. Jeudy.

5. Vendredy.

5. Samedy. Vespres.

G

NOVEMBRE.

PREMIER DIMANCHE. Office comme au premier Dimanche de Janvier. Salut du S. Sacrement, du fonds de
Guillaume Daubray.

1. Lundy. M. haute de *Requiem*, Guillaume Choart.
1. Mardy. M. b. Marie Lempereur.
1. Mercredy. M. b. Jeanne Leprieur.
1. Jeudy.
1. Vendredy. M. b. Marie Lempereur.
           M. b. Marie Hachette.
1. Samedy. Vespres.

SECOND DIMANCHE. Office comme au second Dimanche de Janvier, sans Salut.

2. Lundy.
2. Mardy.
2. Mercredy.
2. Jeudy. Salut du S. Sacrement, fondé par Guillaume
Daubray.
2. Vendredy.
2. Samedy. Vespres.

TROISIE'ME DIMANCHE. Office comme au second Dimanche de Janvier, sans Salut.

3. Lundy.
3. Mardy.
3. Mercredy.
3. Jeudy.
3. Vendredy.
3. Samedy. Vespres.

QUATRIE'ME DIMANCHE. Office comme au second Dimanche de Janvier, sans Salut.

4. Lundy.
4. Mardy.
4. Mercredy.
4. Jeudy.
4. Vendredy.
4. Samedy. Vespres.

CINQUIE'ME DIMANCHE. Office comme au second Dimanche de Janvier, sans Salut.

5. Lundy.
5. Mardy.
5. Mercredy.
5. Jeudy.
5. Vendredy.
5. Samedy. Vespres.

DECEMBRE.

PREMIER DIMANCHE. Office comme au premier Dimanche de Janvier. Salut du fonds de Guillaume
Daubray.

1. Lundy. M. haute de *Requiem* pour Guillaume Choart.
1. Mardy, M. b. Marie Lempereur.
1. Mercredy. M. b. Jeanne Leprieur.
1. Jeudy. Office comme le premier Jeudy de Janvier.
Salut du S. Sacrement, fondé par Guillaume Frezon & Marie Hachette.
1. Vendredy. M. b. Marie Lempereur.
M. b. Marie Hachette.
1. Samedy, Vespres.

SECOND DIMANCHE. Office comme au second Dimanche de Janvier. Salut du Saint Sacrement pour
Jean-Baptiste Mathieu & Barbe Renoul.

2. Lundy.
2. Mardy.
2. Mercredy.
Jeudy. Office comme au second Dimanche de Janvier. Salut du Saint Sacrement, fondé par Guillaume Daubray.
Vendredy.
Samedy. Vespres.

TROISIE'ME DIMANCHE. Office comme au second Di-
manche de Janvier. Salut du Saint Sacrement fon-
dé par Jacques Lelarge Prestre.
Lundy.
Mardy.
Mercredy.
Jeudy. Office comme au second Jeudy de Janvier.
Salut du Saint Sacrement, fondé par Marie Le-
maire veuve de François Jacques.
Vendredy.
Samedy. Vespres.

QUATRIE'ME DIMANCHE. Office comme au second Dimanche de Janvier. Salut du Saint Sacrement,

fondé par Jacques Lelarge Prestre.

4. Lundy.

4. Mardy.

4. Mercredy.

4. Jeudy. Office comme au second Jeudy de Janvier. Salut du Saint Sacrement, fondé par Estiennette Verité, Claude Chaudun.

4. Vendredy.

4. Samedy. Vespres.

CINQUIE'ME DIMANCHE. Office comme au second Dimanche de Janvier, sans Salut.

5. Lundy.

5. Mardy.

5. Mercredy.

5. Jeudy. Office comme au second Jeudy de Janvier. Salut du S. Sacrement, fondé par René Veron Prestre, ou autre cinquiéme Jeudy au mois suivant, pour un seul cinquiéme Jeudy.

5. Vendredy,

5. Samedy. Vespres.

the Trinity

ORDRE DE L'OFFICE DIVIN,

Qui se fait dans l'Eglise Paroissiale de S. Germain le Vieil, à Paris.

PROPRE DU TEMPS.

Samedy devant le premier Dimanche de l'Avent.
Vespres à deux heures, sonnées à l'ordinaire par le Clerc de l'Oeuvre.

Premier Dimanche de l'Avent.

Sermon à deux heures précises, retribution au Predicateur pour chaque Sermon trois livres, & est passé au Marguillier dans son Compte vingt-cinq sols pour la collation.

Catechisme aprés Vespres, fondé par M. François Rioland Curé, retribution au Catechiste, vingt sols.

Lundy.

Messe basse pour Dominique & Leon Lecirier.

Mardy.

Messe basse pour Dominique & Leon Lecirier.

Mercredy.

Messe basse pour Dominique & Leon Lecirier.

Jeudy.

Messe basse pour Dominique & Leon Lecirier.

Vendredy.

Messe basse pour Dominique & Leon Lecirier.

Samedy.

Messe basse pour Dominique & Leon Lecirier.
Vespres à deux heures.

Second Dimanche de l'Avent.

Messe basse pour Dominique & Leon Lecirier.
Sermon.
Catechisme.

Lundy.
Mardy.

Mardy.
Mercredy.
Jeudy.
Vendredy.
Samedy.

Vespres à deux heures.

Troisiéme Dimanche de l'Avent.

Sermon.
Catechisme.

Lundy.
Mardy.
Mercredy.

Quatre-Temps.

Jeudy.
Vendredy.

Quatre-Temps. Obit pour Noël de Heres.
Samedy.

Quatre-Temps.
Vespres à deux heures.

Quatriéme Dimanche de l'Avent.

Sermon à deux heures.

Aux grandes Antiennes, seront portez deux flambeaux allumez à l'Aigle, & la grosse cloche sonnée en branle pendant tout le *Magnificat*.

Catechisme fondé par M. François Riolaud.

L'élection du Marguillier, Commissaire & Distributeur est annoncée au Prône.

Lundy.
Mardy. d
Mercre.
Jeudy.
Vendredy.
Samedy.

Veil de Noël.

Carillon à midy & à cinq heures du soir.
25e. Decembre

N O E L.

Premieres Vespres sonnées à deux heures premier coup de

tóutes les fix Cloches, un quart aprés des deux groffes Cloches, un quart aprés, à l'ordre de Monfieur le Curé, le dernier coup de toutes les fix Cloches tintées à la fin.

Matines du fonds de la Fondation d'Odette Gafteau, fonnées le premier coup à huit heures & demie du foir, comme Vefpres. Il y aura les petites Heures toutes les fois qu'il y aura Matines.

Bougies à tous les Officiers du Chœur & aux Confefleurs, des fix à la livre.

Chandeliers & cierges allumez fur tous les Autels, qui serontcouverts de trois napes, avec ornemens convenables au Jour, leurs courtines & rideaux.

Vazes de Fayence pour verfer l'Ablation.

Au *Te Deum*, on fonnera toutes les Cloches, qui feront tintées à la fin.

Premiere grande Meſſe à minuit.

Orgues, Pains-Benîts, Offrande du Peuple.

Au grand Autel deux Luminaires de cire blanche à fept branches chacun.

Seconde grande Meſſe au point du jour.

Sonnée à cinq heures & demie, comme Vefpres.

Pain-Benît & Offrande du Peuple.

Grande Meſſe du jour.

Sonnée à neuf heures & demie, comme les Vefpres.

Orgues, Pain-Benît, Offrande du Peuple.

Meſſe baſſe pour Pierre Soüart.

Sermon qui fera fonné de la groffe cloche à une heure, le fecond coup de la mefme cloche à une heure & demie, le troifiéme de la mefme cloche un quart aprés; laquelle cloche fera tintée quelque temps, puis une des plus petites cloches, fçavoir la cinquiéme fera tintée, pendant quoy le Clerc de l'Oeuvre ira querir le Predicateur, luy portera un Surplis & Bonnet, fi befoin eft, & à deux heures fonnantes le conduira en Chaire, accompagné d'un Bedeau; ce qui fera obfervé à toutes les Feftes Solemnelles, Majeures & Annuelles.

Vefpres fonnées de toutes les cloches qui feront tintées à la fin.

Aprés Vefpres, Affemblée de Paroiffe dans la Salle Pref-biterale pour les Elections, d'un Marguillier, d'un Commif-faire & diftributeur des Pauvres.

Salut fondé par Edme de Lanclufe & Barbe Renoul fa fem-me, fonné à quatre heures : premier coup de toutes les clo-ches, le fecond des deux groffes, le troifiéme à cinq heures corillonné.

26. Decembre.

Fefte Saint Eftienne, petit Solemnel.

Une Meffe baffe pour Pierre Soüart.

Trois Meffes baffes pour Jean Mignot.

Grande Meffe fonnée le premier coup des quatre groffes cloches à neuf heures & demie, le fecond un quart aprés des quatre moyennes, le dernier à l'ordre de Monfieur le Curé, des quatre groffes cloches qui feront tintées à la fin.

Sermon fonné de la feconde cloche, comme le jour de Noël.

Vefpres fonnées de toutes les cloches, comme le jour de Noël.

27. Decembre.

Fefte de Saint Jean, ancien Patron, Solemnel majeur
dans la Paroiffe.

Matines fonnées à quatre heures du matin, de mefme or-dre que le jour de Noël.

Pendant le *Te Deum*, on fonnera les deux groffes cloches.

Pendant le *Benedictus*, on fonnera les quatre groffes clo-ches, qui feront tintées à la fin.

Premiere Meffe, Pain Benît, Offrande du Peuple.

Grande Meffe, dont le premier coup fera fonné à neuf heures & demie, le refte comme le jour de Noël. Procef-fion avec Chapes alentour de la Paroiffe.

Une Meffe baffe pour Pierre Soüart.

Une baffe pour Jacques Choart.

Sermon.

Vefpres.

Salut

Salut fondé par Edme de Lanclufe, le tout comme le jour de Noël.

28. Decembre.

Fefte des Saints Innocens.

Grande Meffe fonnée à neuf heures & demie des quatre moyennes cloches, le fecond un quart aprés des deux moyennes, le dernier à l'ordre de Monfieur le Curé, des quatre moyennes.

Une Meffe baffe pour Pierre Soüart.

Vefpres à deux heures fonnées comme la Meffe.

29. Decembre.

30. Decembre.

Remifes aux Calendriers des mois.

31. Decembre.

PREMIER JANVIER.

CIRCONCISION.

Matines du fonds de la Fondation faite par Odette Gasteau, sonnées le premier coup à quatre heures du matin des quatre grosses cloches, le second un quart aprés, le troisiéme un quart aprés à l'ordre de Monsieur le Curé, des quatre grosses cloches qui seront tintées.

Pendant le *Te Deum*, on sonnera les deux grosses cloches.

Pendant le *Benedictus*, on sonnera les quatre moyennes, qui seront tintées à la fin.

La première Messe, Pain-Benît, Offrande du Peuple.

Grande Messe & Procession, Sermon & Vespres, comme le jour Saint Jean l'Evangeliste.

Salut fondé par Jacques Lelarge, & sera exposé le Saint Sacrement.

3. Janvier.

SAINTE GENEVIEVE.

Le tout comme le jour des Saints Innocents.

Salut fondé par Estienne le Gras sa vie durant, retributions seront payées aux termes de la Fondation pour Monsieur le Curé seulement, & à l'égard des autres, la retribution est comprise dans leurs honoraires.

6. Janvier.

EPIPHANIE.

Premieres Vespres sonnées de toutes les cloches, le premier coup à deux heures, le second un quart aprés des deux grosses, le dernier un quart aprés à l'ordre de Monsieur le Curé de toutes cloches.

Matines sonnées à quatre heures du matin, comme le jour de la Circoncision, le reste de l'Office de mesme.

Salut fondé par Jacques Lelarge.

Samedy.

Vespres.

Septuagesime.
Samedy.

Vespres.

31

Sexagefime.
Samedy.
Vefpres, carillon à huit heures du foir.
Quinquagefime.
Prieres de Quarante-Heures, les beaux Ornemens rouges.
Proceffion à Noftre-Dame, Etolle violette.
Carillon à l'Expofition du Saint Sacrement.
Meffe fonnée comme le jour Saint Eftienne.
Sermon.
Vefpres.
Salut.

Lundy.
Grande Meffe, Sermon, Vefpres.
Salut fondé par Jean Guerrier & Charlotte le Vaffeur.
Mardy.
Grande Meffe, Sermon, Vefpres.
Salut, à la fin duquel Proceffion dans l'Eglife, à laquelle on porte le S. Sacrement, feront diftribuées Cierges aux Eccle-fiaftiques, & aux Notables, la Chapelle des Fonds preparée pour repofer le S. Sacrement, carillon pendant la Proceffion.
Mercredy des Cendres.
Le Clerc de l'Oeuvre aura preparé des Cendres, trois bans au Chœur, couverts chacun d'une nape blanche, un Miffel fur chacun.
Proceffion dans l'Eglife.
Grande Meffe.
Premier Dimanche de Carême.
Sermon.
Catechifme fondé par François Riolaud Curé.
Lundy.
Mardy.
Mercredy.
Quatre-Temps.
Jeudy.
Vendredy.
Quatre-Temps, Meffe baffe pour Noël de Hérés.
Une Meffe baffe pour Marie de Heres.

Vexilla par les Enfans de Chœur.

Samedy.

Vespres.

Second Dimanche de Carême.

Sermon.

Catechisme fondé par François Riolaud Curé.

Lundy.
Mardy.
Mercredy.
Jeudy.
Vendredy.

Une Messe basse pour Marie de Heres.
Vexilla par les Enfans de Chœur.

Samedy.

Vespres.

Troisiéme Dimanche de Carême.

Sermon.

Catechisme fondé par François Riolaud Curé.

Lundy.
Mardy.
Mercredy.
Jeudy.
Vendredy.

Une Messe basse pour Marie de Heres.
Vexilla par les Enfans de Chœur.

Samedy.

Vespres.

Quatriéme Dimanche de Carême.

Sermon.

Catechisme fondé par François Riolaud Curé.

Lundy.
Mardy.
Mercredy.
Jeudy.
Vendredy.

Une Messe basse pour Marie de Heres.
Vexilla par les Enfans de Chœur.

Samedy.

Samedy.

Vefpres.

Dimanche de la Paffion.

Les beaux Paremens noirs & grand voile.
Sermon.
Catechifme fondé par François Riolaud Curé.

Lundy.

Mardy.

Mercredy.

Jeudy.

Vendredy.

Une Meffe baffe pour Marie de Heres.
Vexilla par les Enfans de Chœur.

Samedy.

Vefpres fonnées folemnellement.

Dimanche des Rameaux.

Beaux Paremens noirs & grand Voile.
Boüis preparez.
La Croix du Marché preparée, la place ballayée, le
Pulpitre & fon tapis placé dans ladite place.
Grande Meffe qui fera fonnée à huit heures & demie, le
premier coup des quatre groffes cloches, le fecond un quart
aprés de deux groffes, le troifiéme à l'ordre de Monfieur le
Curé, des quatre groffes qui féront tintées.
Proceffion à l'entour de la Paroiffe, Station à la Croix de
la place.
Grande Meffe.
Sermon fondé par Gilles Sçavant. Vefpres.
Salut pour Claude Rouffelet.

Lundy Saint.

L'Eglife fera houffée & tapiffée.

Mardy Saint.

Une Meffe baffe pour Pierre Soüart.

Mercredy Saint.

Une Meffe baffe pour Pierre Soüart.
Tenebres fonnées à trois heures & demie aprés midy, le
premier coup des quatre moyennes cloches, le fecond des
deux moyennes un quart aprés, le troifiéme à l'ordre de

K

Monſieur le Curé des quatre moyennes qui feront tintées à la fin.

Sera preparé un Chandelier à quinze branches garni de quinze cierges blancs.

Six Chandeliers & leurs cierges fur l'Autel.

La Chapelle Sainte Catherine fera preparée pour y repo-fer & conferver le Saint Sacrement les jours fuivans.

Jeudy Saint.

Grande Meſſe fonnée, comme le jour de Noël à neuf heures.

Bans & Livres preparez, comme le Mercredy des Cendres. Orgues.

A une heure le Lavement des Autels, pourquoi le Clerc de l'Oeuvre tiendra des Aubes, Etolles, Manipules, petits balets, fonnettes, & de l'eau pour la ceremonie.

Sermon à deux heures, fondé par Nicolle Jourdain.

Tenebres à quatre heures.

Vendredy Saint.

Sermon entre fix & fept heures, fondé par Jean Mulets, fi le Predicateur fait quelque pofe, les Enfans de Chœur chanteront, *O crux Ave*, & à la fin *Stabat*.

Beaux Paremens & Voile à larmes d'argent, fix Chandeliers de cuivre fur l'Autel.

Aprés l'adoration de la Croix, toutes les Croix qui font dans l'Eglife feront découvertes.

La Chapelle du Saint Sacrement demeurera ornée, nuit & jour avec cierges blancs allumez, juſqu'au Samedy Saint.

Samedy Saint.

Toutes Images feront découvertes.

Sera tenuë de l'eau dans les Fonds, & dans la cuve pour en faire la Benediction.

L'Autel ornée des plus beaux Paremens.

Le cierge Paſcal expofé fur fon chandelier entre le Sanc-tuaire & l'Aigle, fera fait & preparé du feu nouveau dans la Sacriſtie, cinq gros grains d'encens pour eftre benis & mis au cierge Paſcal.

Grande Meſſe à neuf heures & demie, Orgues, feront fon-nées au *Gloria in excelfis*, toutes les cloches, Offrande, ca-rillon à midi.

Sermon à deux heures, fondé par Philippes Cottereàu, fonné comme à Noël.

Complies fonnées de toutes les cloches, & tintées.

Carillon à huit heures au foir.

Dimanche de la Refurrection.

Les plus beaux Chandeliers & Paremens blancs, dix Chandeliers avec leurs cierges fur le grand Autel.

Matines de la fondation de Louïs du Chafteliers, fonnées à trois heures du matin de toutes les cloches : le fecond coup à trois heures un quart des deux groffes cloches ; un quart d'heure aprés à l'ordre de Mʳ le Curé de toutes les cloches, qui feront tintées à la fin.

Bougies à l'Aigle, & aux Stales.

Tous les Autels ornez & leurs cierges allumez pendant l'Office.

Au *Te Deum*, on fonnera toutes les cloches, & pendant le *Benedictus*, & feront tintées.

Premiere Meffe, Orgues, Pain benit & Offrande du Peuple.

A fept heures la feconde grande Meffe, Pain benit & Offrande du Peuple.

A neuf heures & demie, le premier coup de la grande Meffe ; un quart aprés le fecond ; le dernier à l'ordre de Mʳ le Curé ; Orgues, deux Pains benits, Offrande du Peuple, comme à Noël.

Une Meffe baffe pour Marc Mignon & Marie Pelletier fa femme.

Une Meffe baffe pour Jean Gerreau.

Une Meffe baffe pour Jeanne Goupy, veuve Jean Guerreau.

Une Meffe baffe pour Pierre Soüart.

Communion à la Chapelle des Fonds.

Sermon à deux heures, fondé par Gilles Scavant, Cué.

Vefpres, pour lefquelles feront preparées quatre Aubes pour les Choriftes.

Salut à fix heures carillonné, Vefpres du Jour, à la fin *O filii & filiæ*, ancienne devotion.

Lundy de Pafques.

Meffe baffe pour Pierre Soüart.

Sur le grand Autel fix Chandeliers.

Grande meſſe à dix heures ſonnée, comme le Dimanche, Orgues, Offrande du Peuple.

Sermon.

Veſpres.

Salut du Saint Sacrement, fondé par Nicolle le Duc, veuve Louïs Boival.

Mardy.

Meſſe baſſe pour Pierre Soüart.

Grande Meſſe à dix heures, comme le Lundy.

Veſpres à deux heures.

Mercredy.

Deux Meſſes pour Beatrix Tulleux.

Une Meſſe baſſe pour Claude le Roy, veuve Nicolas Coûture, femme de Georges Coûtart.

Une Meſſe baſſe pour Pierre Soüart.

Jeudy.

Une Meſſe baſſe pour Pierre Soüart.

Vendredy.

Samedy.

Veſpres ſonnées comme le Samedy, veille du Dimanche des Remeaux.

Premier Dimanche aprés Pâques.

Premiere grande Meſſe, ſonnée à ſix heures & demie, ſonnée comme Veſpres.

Grande Meſſe ſonnée, le premier coup à huit heures & demie : le ſecond un quart aprés : le troiſiéme à l'ordre de Mr le Curé, comme le jour des Rameaux.

Sermon.

Lundy. Mardy. Mercredy. Jeudy. Vendredy. Samedy. Veſpres.

Second Dimanche d'aprés Pâques.

Troiſiéme Dimanche d'aprés Pâques.

Quatriéme Dimanche d'aprés Pâques.

Cinquiéme Dimanche d'aprés Pâques.

Lundy.

Lundy. *Des Rogations.*

Proceffion à l'Hôpital de la Trinité, il y a Offrande qui demeure à l'Eglife, dans laquelle on dit la Meffe, & en cas que le temps foit douteux, Monfieur le Curé choifira telle autre Eglife qu'il jugera à propos, finon la Proceffion à l'entour de l'Eglife.

.Mardy.

Proceffion aux Enfans rouges, Offrande comme le Lundy.

Mercredy.

Proceffion aux petites Maifons, Offrande comme le Lundy. Carillon à midi.

Vefpres à deux heures fonnées folemnellement : premier coup de toutes les cloches : un quart aprés le fecond, des deux groffes : le troifiéme, un quart aprés l'ordre de Monfieur le Curé de toutes les cloches, qui feront tintées à la fin.

Carillon à huit heures du foir.

Jeudy. *Fefte de l'Afcenfion de Nôtre-Seigneur.*

Matines du fonds de la fondation d'Odette Gafteau, fonnées : le premier coup à quatre heures du matin comme Vefpres ; pendant le *Te Teum*, on fonnera en branle les deux groffes cloches ; pendant le *Benedictus*, on fonnera les quatre groffes qui feront tintées à la fin.

Primes.

Premiere Meffe, Pain benit, Offrande du Peuple.

Tierce.

Grande Meffe fera fonnée de toutes les cloches : le premier coup à neuf henres : les autres comme Vefpres.

Proceffion en Chapes à l'entour de la Paroiffe, Orgues, Pain benit, Offrande du Peuple.

Sexte.

Sermon, None, Vefpres & Salut, fondé par Edme de l'Enclufe, & Barbe Renoul fa femme, le tout fonné & carillonné comme le jour de Noël.

Vendredy.

Samedy.

Vefpres.

Dimanche dans l'Octave de l'Afcenfion.

Grande Meffe. Vefpres.

L.

Samedy. *Grande Vigile de la Pentecofte.*

Comme la veille de Pafques.

Carillon à midi.

Vefpres fonnées à deux heures , comme la veille de l'Afcenfion.

Carillon à huit heures du foir.

Dimanche de la Pentecofte.

Matines comme le jour de Pafques de la fondation d'Odette
Gafteau , le refte de l'Office de mefme.

Sermon fondé par Gilles Scavant, Curé.

Vefpres avec Chapes.

Salut fondé par Claude Leroy, Vefpres du jour, à la fin
Libera, Deprofundis, & Oraifons.

Une Meffe baffe pour Jean Guerreau.

Lundy. *Seconde Fefte.*

Grande Meffe & Vefpres.

Mardy. *Troifiéme Fefte.*

Grande Meffe & Vefpres.

Mercredy. *Des Quatre-Temps.*

Obit pour Touffaint Brunival.

Jeudy.

Une Meffe baffe pour Claude Leroy, veuve Nicolas Coûture , femme de Georges Coûtart.

Vendredy. *Des Quatre-Temps.*

Une Meffe baffe pour Jean Lauguenois.

Samedy. *Des Quatre-Temps.*

Carillon à midy.

Vefpres fonnées à deux heures: le premier coup de toutes
les cloches : le fecond un quart aprés des deux groffes cloches :
le troifiéme un quart aprés à l'ordre de Monfieur le Curé de
toutes les cloches.

Matines feront fonnées à quatres heures aprés midi comme Vefpres, Orgues, pendant le *Te Deum* on fonnera des
deux groffes cloches en branle.

Carillon à huit heures.

Dimanche. Fefte de la Sainte Trinité.

La premiere Meffe à fept heures, fonnées Vefpres.

Pain benit, Offrande du Peuple.

La grande Meſſe ſonnée : le premier coup à huit heures & demie, ſonnée comme Veſpres.

Proceſſion en Chapes à l'entour de la Paroiſſe.

Sermon à deux heures.

Veſpres.

Salut fondé par Jacques le Large, le tout ſonné comme le jour de Paſques.

Lundy.

Mardy.

Mercredy.

Carillon à midi.

Veſpres ſonnées comme la veille de la Trinité.

Matines comme la veille de la Trinité.

Carillon à huit heures du ſoir.

Jeudy.

Feſté du Corps de Noſtre-Seigneur **J**ESUS-**C**HRIST.

Le Dais du Saint Sacrement ſera preparé.

Les porte-Dais & porte-Flambeaux retenus.

Seront preparez deux Chaſubles pour les deux **Preſtres** aſſiſtans Monſieur le Curé à la Proceſſion.

La premiere Meſſe ſera ſonnée à ſix heures & demie le premier coup : le ſecond un quart aprés : le troiſiéme à ſept heures, comme les Veſpres ; Pain benit, Offrande du Peuple.

La ſeconde Meſſe : le premier coup à huit heures & demie : le ſecond & troiſiéme, comme à Veſpres.

Proceſſion du Saint Sacrement.

Grande Meſſe, Orgues, Pain benit, Offrande du Peuple.

Meſſe baſſe pour Pierre Soüart.

Sermon à deux heures, fondé par Gilles Scavant, Curé.

Veſpres.

Salut.

Le tout ſonné, comme le jour de la Pentecoſte.

Vendredy. *Dans l'Octave.*

Meſſe haute du Saint Sacrement.

Meſſe baſſe pour Pierre Soüart.

Salut du Saint Sacrement à cinq heures.

Samedy.

Messe haute du Saint Sacrement.
Messe basse pour Pierre Soüart.
Vespres à deux heures.
Salut du Saint Sacrement à cinq heures.

Dimanche. Dans l'Octave.

Exposition du Saint Sacrement.
Messe basse pour Pierre Soüart.
Grande Messe.
Vespres à deux heures.
Salut du Saint Sacrement à cinq heures, qui sera caril-
lonné.

Lundy. Dans l'Octave.

Grande Messe.
Salut.

Mardy.

Grande Messe.
Salut.

Mercredy.

Grande Messe.
Vespres.
Salut.
Carillon à huit heures du soir.

Jeudy. Jour de l'Octave.

Tout l'Office, comme le jour de la Feste.
Messe basse pour Pierre Soüart.
Salut à cinq heures du soir, à la fin duquel Procession du
Saint Sacremeut dans l'Eglise, les Prestres & les Notables
ayant des cierges à la main.
La Chapelle des Fonds preparée pour reposer le Saint
Sacrement.

Fin du Propre du Temps.

ORDRE

Chez Landry

ORDRE DES OFFICES ET MESSES
de chaque jour, selon le cours des Mois.

JANVIER.

1   Meſſe baſſe, fondée par René Veron Preſtre.
    Meſſe baſſe, René Veron.

2   Sept Meſſes baſſes, pour Philippes Davollé, femme de François Frezon.
    Meſſe b. pour Jean Serre.
    Meſſe b. pour Jean Rouſſeau.

3   M. b. pour René Veron, Preſtre.
    M. b. pour un inconnu.
    M. b. pour Geneviéve Goujon veuve Boinard.
    Salut d'Eſtienne Legras.

4   M. b. René Veron,
    M. b. Jean Lemaire.

5   M. b. René Veron.
    Obit, Guillaume Frezon & Marie Hachette, retribution à 30 Pauvres
      un ſol chacun.

6   M. b. René Veron.

7   M. b. René Veron.

8   M. b. René Veron.
    Obit, pour Guillaume Daubray.

9   M. b. René Veron.

10   M. b. René Veron.
    Six Meſſes baſſes, pour Jean Favre.

11   M. b. pour René Veron.

12   M. b. René Veron.
    M. b. Philippes de Berigny.

13   M. b. pour René Veron.
    Obit. Elizabeth Foucault.

M

14   M. b. René Veron.

15   M. b. René Veron.
Obit. René Veron, retribution aux Pauvres de quatre livres.

16   M. b. René Veron.

17   M. b. René Veron.
M. b. Geneviéve Goujon.

18   M. b. René Veron.

19   M. b. René Veron.

20   M. b. René Veron.

21   M. b. René Veron.
Obit, pour Gabrielle Choart.
Salut d'Agnés de Vauconfains, rétributions feront payées conformément
au Contrat, à M. le Curé feulement. *Idem*, qu'au jour de Sainte Gene-
vieve.

22   M. b. René Veron.

23   M. b. René Veron.
Deux Meffes baffes , Jean Duxeau.
Obit, pour Jeanne de Heres.

24   M. b. René Veron.

25   M. b. René Veron.

26   M. b. René Veron.
Obit, Nicolle le Lorrain.

27   M. b. René Veron.

28   M. b. René Veron.

29   M. b. René Veron.

30   M. b. René Veron.

31   M. b. René Veron.

FÉVRIER.

1 Meſſe baſſe, René Veron.
Meſſe baſſe, Marie de Heres.
Veſpres.
Petit Salut de la Sainte Vierge, Bertault Vieillard.

2 PURIFICATION. Premieres Veſprès qui feront ſonnées des quatre groſſes
cloches : le premier coup à deux heures : le ſecond un quart aprés des
deux groſſes : un quart aprés à l'ordre de M. le Curé de quatre groſſes
qui feront tintées à la fin.
Matines ſonnées à quatre heures & demie, comme les Veſpres, ſera ſonné
des deux groſſes cloches pendant le *Te Deum*, & des quatre groſſes
pendant le *Benedictus*, Orgues.
Premiere Meſſe, Pain benit & Offrande du Peuple.
Cierges preparez au coin de l'Autel, pour eſtre benis & diſtribuez.
Grande Meſſe de Paroiſſe, premier coup à 9. heures, comme les Veſpres.
Proceſſion avec Chapes & cierges.
Orgues, Pain benit, Offrande du Peuple.
M. b. pour René Veron.
M. b. pour Jeanne Goupy.
Sermon ſonné à une heure, premier coup de la ſeconde cloche, à une
heure & demie le ſecond coup de la ſeconde cloche, un quart aprés
le troiſiéme de la meſme choſe qui ſera tintée, enſuite dequoy on
tintera la cinquiéme juſqu'à deux heures, pendant quoy le Clerc de
l'Oeuvre portera le Surplis & bonnet au Predicateur, & le conduira
enſuite en Chaire, à deux heures preciſes.
Veſpres ſonnées des quatre groſſes cloches & tintées, Antienne de la
Vierge, fondée par Michel Février & Loüiſe Favier.
Salut du Saint Sacrement ſonné & carillonné, fondé par Jeanne Legé
veuve d'Auguſtin Courbé.
Vendredy prochain ſix Meſſes pour Antoine Rocheret.

3 M. b. René Veron.

4 M. b. René Veron.
Obit, pour Elizabeth Brouteſauge, diſtribution à 24 Pauvres chacun
un ſol.

5 M. b. René Veron.

6 M. b. René Veron.

7 M. b. Reué Veron.

8 M. b. René Veron.

9 M. b. René Veron.

10   M. b. René Veron.
Six Meſſes baſſes pour Jean de Liſle, une Aumône de trois livres.

11   M. b. René Veron.
M. b. Agneſot, veuve de Mil du Val de Mercy.

12   M. b. René Veron.

13   M. b. René Veron.

14   M. b. René Veron.

15   M. b. René Veron.

16   M. b. René Veron.

17   M. b. René Veron.

18   M. b. René Veron.

19   M. b. René Veron.

20   M. b. René Veron.

21   M. b. René Veron.

22   M. b. René Veron.

23   M. b. René Veron.
FESTE DE SAINT MATHIAS. Sermon quand la Feſte arrive en Carême.

24   M. b. René Veron.

25   M. b. René Veron.

26   M. b. René Veron.
Six Meſſes baſſes pour Gilles Fortin.

27   M. b. René Veron.

28   M. b. René Veron.

MARS.

MARS.

1 M. b. René Veron.

2 M. b. René Veron.

3 M. b. René Veron.
4
5
6
7 Obit, pour Simon Bouquet.
8
9
10
11
12
13
14 Deux Messes basses, Jacques Darpy.
15 Obit, pour Jacques Hesdelin & Magdelaine Bouvot sa femme.
    Messe basse, pour Jacques Hesdelin & Magdelaine Bouvot sa femme.
16
17
18
19 Feste de Saint Joseph.
    Trois Messes basses, fondées par Georges de la Haye, pour une per-
     sonne qui n'a voulu estre connuë, aûmosne de deux livres quatre sols.
    Une Messe basse, pour un inconnu.
20
21 Obit, pour Amable & Jean-Baptiste de Cressé, beaux Parements, Ar-
    genterie.
22
23
24 Messe basse, pour Marie de Heres.
    Salut de la Sainte Vierge, pour Pierre Cossé.

25 L'ANNONCIATION. Tout l'Office comme le jour de la Purification.
26 Obit, pour Jeanne le Prieur, veuve Jean Liberge.
27
28
29
30
31 Cinq Messes basses, pour Pierre Colmar Prestre, à quoy a esté reduit
    son Obit.

AVRIL.

1   Obit, François Portebedin, à cinq Pauvres chacun deux sols.

2

3

4

5

6

7

8

9

10

11

12

13

14

15

16

17   M. b. François Palleau, veuve   Cohier.

18   M. b. Jean-Baptiste Lecanu, Prestre. *Idem*, une messe, au lieu de l'autre Obit, qui est le 23. Aoust.

19

20   M. b. Marie de Heres.

21

22   Six messes basses, Charlotte le Vieux, reduction d'un Obit.

23

24

25

26

27

28

29

30

MAY.

1 FESTE SAINT JACQUES, SAINT PHILIPPES.
Salut, Jacques le Large Prestre. Vespres du jour.

2 Dix Messes basses, Georges Morlot.

3
4

5
6 M. b. un inconnu.

7
8 Trois Messes basses, pour Philbert Jolly.

9 M. b. Nicolle Jourdain & Jacques le Févre. Translation S. Nicolas.

10
11
12

13
14 Deux Messes basses, pour Guillaume Bertelin Prestre.

15
16
17
18

19
20 Obit, pour François Frezon à douze Pauvres, un sol chacun.

21
22

23
24 Obit, pour Antoine Lamy, & Claude Guehennault.
Deux Messes basses pour Jacques Burlé, Prestre Curé.

25
26

27
28 Feste de Saint Germain. Annuel. L'office comme le jour de Pasques,
    Matines du fond d'Odette Gasteau, dittes la veille, quand la Feste
    vient aprés la Feste de la Trinité. Procession en Chappes à l'entour
    de la Paroisse, à laquelle on porte la Chasse du Bras de Saint Germain,
    quatre Flambeaux autour du baston de Saint Germain.
    M. b. Pierre Soüart.
    M. b. pour Jean Rousseau.
    M. b. pour un inconnu.
    Salut fondé par Claude le Roy, veuve Nicolas Couture, femme de George
    Coustart.

    M. b. pour Henry Chartier.
29
30
31

JUIN.

1 Cinq Messes basses, Guyot de Masso, & Marie sa femme.

2

3

4

5

6 Obit, François Gilles, Luminaire double blanc, une Herse, un Pain de trois sols.
    une pinte de Vin à l'Offrande à six sols.
  Cinq Messes basses pour Simone Paste.
  Messe basse, Jean Rousseau.

7 M. b. Michelle Guibelot.

8

9

10 Obit, pour Marguerite Mulets, femme de Guillaume Daubray.
  M. b. Charles Oudan.

11 M. b. Charles Oudan.

12 M. b. Charles Oudan.

13 M. b. Charles Oudan.

14 M. b. Charles Oudan.

15 M. b. Charles Oudan.
  M. b. Jeanne du Hamel, veuve Pierre Champfremeux.

16

17 Obit, pour Geneviéve Goujon, veuve Antoine Boinard.

18

19

20

21

22

23 Obit, François Gilles, comme le 6. Juin.

24 NATIVITÉ DE SAINT JEAN-BAPTISTE, l'Office comme le jour de la Purification.
  Matines du fonds de la fondation d'Odette Gasteau, la veille
    Premiere grande Messe.
    Seconde grande Messe.
  Salut, Edme de l'Encluse.

25

26

27

28

29 FESTE DE SAINT PIERRE, SAINT PAUL.
  M. b. Jacques Choart.

30 Obit, Jean le Maire.

JUILLET.

JUILLET.

1 Obit, pour Geneviéve Boucot, veuve René le Roy.

2

3

4

5

6 Six Messes basses, pour Denis de Heres.

7

8 Obit, Guillaume Daubray.

9 Neuf Messes basses, pour Jean Mahault.

10

11

12 Neuf Messes basses, pour Pierre Richevillain.

13

14 Obit, René Veron Prestre, distribution de quatre livres aux Pauvres,
15   à seize chacun cinq sols.

16 Messe basse, pour Jacqueline le Maire.

17

18

19

20

21

22 Cinq Messes basses, pour Catherine Choart.

23

24

25 Translation Saint Germain.
   Six Messes basses, Nicolas Belin.
   Salut Claude le Roy, veuve Nicolas Coûture, femme de George
   Coûtart.

26

27

28

29 Obit, pour Nicolle Jourdain.

30

31

AOUST

1 Obit, Loüis Pocquelin & Marie Lempereur, sa femme, la seule messe de *Requiem* haute, celle du Saint Esprit & de la Sainte Vierge basse, payée par la Fabrique, distribution à vingt Pauvres cinq sols chacun & une Bougie pour venir à l'Offrande. La Fondation finira en 1734.

2

3

4

5

6

7

8

9

10 FESTE DE SAINT LAURENT.

11

12

13

14 Une Messe basse, pour Marie de Heres.
Petit Salut de la Sainte Vierge, Pierre Coslé.

15 L'ASSOMPTION DE LA SAINTE VIERGE.
Annuel. Office comme à Pâques, Matines du fonds de la Fondation d'Odette Gâteau, la veille.
Messe basse, Pierre Soüart.
Messe basse Jean Guerreau.
Antienne de la Vierge, aprés Vespres. Fondation de Michel Février & & Loüise Favier.
Salut, fondé par Edme de l'Encluse & Barbe Renoult sa femme.

16 M. b. pour Pierre Soüart.

17 M. b. pour Pierre Soüart.

18 M. b. pour Pierre Soüart.

19 M. b. pour Pierre Soüart.

20

21

22

23 M. b. pour Jean-Baptiste le Canu Prestre. *Idem*, à l'autre Obit.

24 SAINT BARTHELEMY APOSTRE.

Messe basse Jacques Choart.

25 FESTE SAINT LOÜIS.

26

27 Messe basse, pour Guillaume de Paris & Perette sa femme.
Trois Messes basses, fondées par Marie de Heres, pour Noël de Heres son pere.
Obit, pour Jean & Pierre Noirat.

28

29

30

31

SEPTEMBRE.

1 Obit, pour Pierre Richevillain.
2
3
4
5
6

7 Une Meſſe baſſe, Pour Marie de Heres.
  Salut de la Sainte Vierge, fondé par Pierre Coſſé.

8 NATIVITE' DE LA SAINTE VIERGE.

   L'office comme à la Purification. Meſſe baſſe, pour Jeanne Goupy,
      veuve Jeanne Guerreau.
   Antienne de la Sainte Vierge aprés Veſpres, fondé par Michel Février &
      Loüiſſe Favier.
   Salut fondé par Jeanne Legé veuve Auguſtin Courbé.

9
10
11
12
13
14

15 Cinq Meſſes baſſes, pour Magdeleine Guy, reduittes d'un Obit.
16
17
18 Obit, Claude le Roy, veuve Nicolas Coûture femme de George Coûtart.
19
20 Obit, François Gilles, comme 6. Juin.

21 FESTE SAINT MATHIEU.

   Une Meſſe baſſe, Jacques Choart.

22
23
24

25 Obit, Jeanne Leprieur.
26
27 Jour de Saint Coſme & Saint Damien, huit Meſſes baſſes pour Elizabeth
      Predeſeigle.
28

29 FESTE DE SAINT MICHEL.

   Une Meſſe baſſe, fondée par François Gypteau, pour un inconnu.

30 Une Meſſe baſſe, pour Jean Doiſemont.

OCTOBRE.

1 Messe basse, pour René Veron Prestre.
Cinq Messes basses, pour Pierre Colmart, Prestre.

2 Messe basse, René Veron.
Obit, pour Michel Guibelot.
Messe basse, pour un inconnu.

3 Messe basse, pour René Veron.

4 Messe basse, René Veron.

5 Messe basse, René Veron.
Obit, pour François Rioland Curé de Paroisse.

6 M. b. René Veron.

7 M. b. Rene Veron.

8 M. b. René Veron.

9 FESTE SAINT DENIS.
M. b. René Veron.
Salut Claude Pocquet.

10 M. b. René Veron.
Obit, François Gilles, comme le six Juin.

11 M. b. René Veron.

12 M. b. René Veron.

13 M. b. René Veron.

14 M. b. René Veron.

15 M. b. René Veron.
Six Messes basses, pour Philippes Fortin, veuve de Philippes Cottereau.

16 M. b. René Veron.
Trois Messes basses, pour Pierre le Noir.
Obit, pour Catherine du Pont femme d'Estienne Collet.

17 M. b. René Veron.

M. b.

OCTOBRE.

18 M. b. René Veron.
Huit Meſſes baſſes, pour Eſtienne Liberge.

19 M. b. René Veron.

20 M. b. René Veron.

21 M. b. René Veron.
M. b. Jean Docq & Eliſabeth ſa femme.

22 M. b. René Veron.
M. b. Geneviéve Goujon Veuve Antoine Boinard.

23 M. b. René Veron.

24 M. b. René Veron.

25 M. b. René Veron.

26 M. b. René Veron.

27 M. b. René Veron.

28 M. b. René Veron.

29 M. b. René Veron.

30 M. b. René Veron.
Obit, Pierre Coſſé d'une ſeule Grande Meſſe.

31 M. b. René Veron.

P.

NOVEMBRE

1. FESTE DE TOUS LES SAINTS. Premieres Vespres sonnées de toutes les cloches, le premier coup à deux heures, le second un quart
aprés des deux grosses, le dernier de toutes les cloches tintées à la fin,
à l'ordre de Monsieur le Curé.

Matines du fonds de la Fondation d'Odette Gasteau sonnées à quatre
heures du matin, comme Vespres, on sonnera au *Te Deum* les deux
grosses cloches, au *Benedictus* les quatre grosses, qui seront enfin
tintées, Orgues.

Premiere Messe, Pain benit & Offrande du Peuple.

Grande Messe sonnée le premier coup à neuf heures comme Vespres, Procession en chapes à l'entour de la Paroisse, Orgues, Pain benit,
Offrande du Peuple.

Sermon sonné comme aux Festes Solemnelles.

Vespres du jour, & Vespres des Morts.

Vigiles des Morts à huit heures au soir à trois Nocturnes, fondées par
Elizabeth Foucault, sonnées comme Vespres, bougies aux stales & à
l'Aigle, *Dies iræ* par les Enfans de Chœur.

Messe basse pour René Veron Prestre.

Messe basse pour Jean Guerreau.

2. COMMEMORATION DES MORTS. Messe haute pour Elizabeth
Pijard.

Obit d'une seule Messe haute, pour Elizabeth Foucault.

Procession & grande Messe, à laquelle Offrande de Pain benit, un Cierge & une piece de 15. sols.

M. b. René Veron.

M. b. Marie de Heres.

Deux Messes basses pour un inconnu.

3. FESTE DE SAINT MARCEL.

M. b. René Veron.

Grande Messe & Vespres.

M. b. Catherine Dupont, veuve d'Estienne Collet.

4. M. b. René Veron.

Obit, Toussaint de Brunival & Françoise Dupont.

M. b. Claude Leroy, veuve Nicolas Coûture, femme de Georges
Coustard.

5. M. b. René Veron.

M. b. Jean Guerreau.

6. M. b. René Veron.

7. M. b. René Veron.

Huit Messes basses pour Charles Auger.

8. M. b. René Veron.

M. b. Pierre Guillard.

9. M. b. René Veron.

10. M. b. René Veron.

Obit pour Antoine Tixier, rétributions payées conformément au Contrat de Fondation à Monsieur le Curé seulement, les autres, *idem*, qu'au jour de Sainte Geneviéve.

11 M. b. René Veron.

12 M. b. René Veron.

13 M. b. René Veron.

14 M. b. René Veron.

15 M. b. René Veron.

16 M. b. René Veron.

17 M. b. René Veron.

18 M. b. René Veron.
Obit pour Jacques Choart.

19 M. b. René Veron.
Cinq Messes basses pour Michel Février.

20 M. b. René Veron.
Messe haute de *Requiem* pour Elizabeth Pijeart.
Quatre Messes basses pour François Frezon.

21 M. b. René Veron.

22 M. b. René Veron.

23 M. b. René Veron.

24 M. b. René Veron.

Feste de Sainte Catherine, Messe basse pour Guerin de la Clergerie.

25 M. b. René Veron.

26 Obit, Catherine Arillier, rétributions seront payées conformément au Contrat de Fondation à Monsieur le Curé seulement, les autres, *idem*, qu'au jour Sainte Geneviéve.
M. b. René Veron.

27 M. b. René Veron.

28 M. b. René Veron.
Dix Messes basses, Nicolle de la Porte.

29 M. b. René Veron.
Vespres.

30 FESTE SAINT ANDRE'.
M. b. René Veron.
Sermon, s'il échoit en Avent & les petites Heures, hors l'Avent, non.

1 M. b. René Veron.

2 M. b. René Veron.

3 M. b. René Veron.

4 M. b. René Veron.
Messe basse fondée par Jean le Vasseur, pour feu Armand du Plessis, Cardinal de Richelieu, & trois livres d'Aumône aprés ladite Messe.

5 M. b. René Veron.

6 M. b. René Veron.

7 M. b. René Veron.
Cinq Messes basses pour Catherine Cattin.
M. b. Marie de Heres.
Salut de la Sainte Vierge, fondé par Pierre Cossé.

8 CONCEPTION DE LA SAINTE VIERGE. Office comme à la Nativité.
M. b. René Veron.
Aprés Vespres Antienne de la Vierge, fondée par Michel Février & Loüise Favier.
Salut par Jeanne Legé, veuve d'Augustin Courbé.

9 M. b. René Veron.

10 M. b. René Veron.
Obit pour Marguerite Mulets, femme de Guillaume Daubray.
Obit pour Catherine Arillier. Retributions seront payées conformément au Contrat de Fondation à Monsieur le Curé seulement, les autres, *idem*, qu'au jour Sainte Geneviéve.

11 M. b. René Veron.

12 M. b. René Veron.

13 M. b. René Veron.

14 M. b. René Veron.

15 M. b. René Veron.

16 M. b. René Veron.

17 M. b. René Veron P

Ordre.

18 M. René Veron P.
Quatre Messes basses, Pierre Richevillain, reduit d'un Obit dudit jour.

19 M. b. René Veron P.

20 M. b. René Veron P.
Six Messes basses, Loüise Favier, veuve Michel Février.

21 FESTE SAINT THOMAS. Premieres Vespres & grandes Antiennes.
Seront portez deux flambeaux à l'Aigle & sera sonné pendant l'Antienne.
M. b. René Veron P.
M. b. Jacques Choart.
Grande Messe.
Sermon fondé par François Portebedin.
Vespres, à la grande Antienne flambeaux & sonnerie.

22 M. b. René Veron P.

23 M. b. René Veron P.
Obit pour Marie de Heres.

24 M. b. René Veron P.

25 M. b. René Veron P.

26 M. b. René Veron P.

27 M. b. René Veron P.

28 M. b. René Veron P.
M. b. Jean Guerreau.

29 M. b. René Veron P.

30 M. b. René Veron P.
Deux Messes b. pour Jean Jevinot Prestre.
Deux Messes b. pour Georges Coustard, & Claude Leroy.

31 M. b. René Veron P.
Quatre Messes basses pour François Choart
Obit pour Nicolle de Heres.
Salut fondé par Marie Bonnet, & Jeanne Cuillot. Distributions seront
payées ainsi qu'il est porté au Contrat de Fondation, à Monsieur le
Curé seulement, aux autres, *idem*, qu'au jour de Sainte Geneviéve.

Q

ORDRE DES MESSES POUR TOUS
les jours de l'Année, selon l'Ordre de la Semaine.

1. DIMANCHE. Eau-Benie, Prieres, Inftructions, & Meffe baffe, fondées par le Sieur Camufet, à la retribution de 29. fols, reduites à vingt-fix Dimanches du confentement des Parties, en attendant la reduction contradictoirement avec tous les intereffez, & ce pour tous les premier & troifiéme Dimanche de tous les mois.
Meffe baffe, Elizabeth Foucault.
Meffe baffe, Jean Vaflin.
Grande Meffe de Paroiffe.

Lundy. M. b. Guillaume Daubray & Marguerite Mulets fa femme.
M. b. Geneviéve Boucot veuve René Leroy.
M. b. Geneviéve de Creffé veuve Antoine Leboffu.
M. b. Laurent Tartel.
M. b. François Portebedin.

Mardy. M. b. Eftienne Sergent.
M. b. Marguerite Nazard, veuve Defecoutes.
M. b. Guillaume Dubois Curé.

Mercredy. M. b. Eftienne Sergent.
M. b. Geneviéve Creffé, veuve Antoine Leboffu.

Jeudy. M. b. Guillaume Daubray & Marguerite Mulets fa femme.
M. b. Simon Bouquet.
M. b. Jean du Fay.
M. haute du S. Sacrement, Pierre Thibault & Marie Deumurs.

Vendredy. M. b. Geneviéve Boucot, veuve René Leroy.
M. b. Marie Cailleux, veuve Charles Porchon.
M. b. Françoife Dupont, veuve Touffaint Brunival.
M. b. Jean Anquetin.

Samedy. M. b. Guillaume Paumier, Curé de la Paroiffe.
M. b. Guillaume Dubois, Curé de la Paroiffe.
M. b. Elizabeth Foucault.
M. b. Guillaume Croquet.

S. IOANNES EVAN.

2. DIMANCHE.
м. b. Jean Vaflin.
м. b. Elizabeth Foucault.
Grande Meffe de Paroiffe.

Lundy. м. b. Guillaume Daubray &
м. b. Geneviéve Boucot.
м. b. Geneviéve de Creffé.
м. b. Laurent Tartel.
м. b. François Portebedin.

Mardy. м. b. Eftienne Sergent.
м. b. Marguerite Nazard.
м. b. Guillaume Dubois Curé.

Mercredy. м. b. Eftienne Sergent.
м. b. Geneviéve de Creffé.

Jeudy. м. b. Guillaume Daubray &
м. b. Simon Bouquet.
м. b. Jean du Fay.
м. haute du S. Sacrement, Pierre Thibault &

Vendredy. м. b. Geneviéve Boucot.
м. b. Marie Cailleux.
м. b. Françoife Dupont.
м. b. Jean Anquetin.

Samedy. м. b. Guillaume Paumier Curé.
м. b. Guillaume Dubois Curé.
м. b. Elizabeth Foucault.
м. b. Guillaume Croquet.

3. DIMANCHE. Eau-Benie, *&c.* & M. b. Loüis Camuſet. *Idem,* qu'au premier Dimanche.

M. b. Elizabeth Foucault.
M. b. Adam de Colombiers.
Grande Meſſe de Paroiſſe.

Lundy. M. b. Guillaume Daubray.
M. b. Geneviéve Boucot.
M. b. Geneviéve de Creſſé.
M. b. Laurent Tartel.
M. b. François Portebedin.

Mardy. M. b. Eſtienne Sergent.
M. b. Marguerite Nazard.
M. b. Guillaume Dubois P.

Mercredy. M. b. Eſtienne Sergent.
M. b. Geneviéve Creſſé.

Jeudy. M. b. Guillaume Daubray.
M. b. Simon Bouquet.
M. b. Jean du Fay.
M. haute du S. Sacrement, Pierre Thibault.

Vendredy. M. b. Geneviéve Boucot.
M. b. Marie Cailleux.
M. b. Françoiſe Dupont.
M. b. Jean Auquetin.

Samedy, M. b. Guillaume Paumier.
M. b. Guillaume Dubois.
M. b. Elizabeth Foucault.
M. b. Guillaume Croquet.

4 Dimanche

4. Dimanche. m. b. Jean Vallain.
m. b. Elizabeth Foucault.
Grande meſſe de Paroiſſe.

Lundy. m. b. Guillaume Daubray &
m. b. Geneviéve Boucot.
m. b. Geneviéve Creſſé.
m. b. Laurent Tartel.
m. b. François Portebedin.

Mardy. m. b. Eſtienne Sergent.
m. b. Marguerite Nazard.
m. b. Guillaume Dubois.

Mercredy. m. b. Eſtienne Sergent.
m. b. Geneviéve Creſſé.

Jeudy. m. b. Guillaume Daubray &
m. b. Simon Bouquet.
m. b. Jean du Fay.
Meſſe haute du S. Sacrement, Pierre Thibault &

Vendredy. m. b. Geneviéve Boucot.
m. b. Marie Cailleux.
m. b. Françoiſe Dupont.
m. b. Jean Anquetin.

Samedy. m. b. Guillaume Paulmier Curé.
m. b. Guillaume Dubois Curé.
m. b. Elizabeth Foucault.
m. b. Guillaume Croquet.

R

5. DIMANCHE. Eau Benie, &c. & M. b. Loüis Camufet. *Idem*
qu'au premier Dimanche.
M. b. Elizabeth Foucault.
M. b. Jean Vallain.
Grande Meſſe de Paroiſſe.

Lundy. M. b. Guillaume Daubray &
M. b. Geneviéve Boucot.
M. b. Geneviéve de Creſſé.
M. b. Laurent Tartel.
M. b. François Portebedin.

Mardy. M. b. Eſtienne Sergent.
M. b. Marguerite Nazard.
M. b. Guillaume Dubois.

Mercredy. M. b. Eſtienne Sergent.
M. b. Geneviéve de Creſſé.

Jendy. M. b. Guillaume Daubray.
M. b. Simon Bouquet.
M. b. Jean du Fay.
Meſſe haute du S. Sacrement, Pierre Thibault &

Vendredy. M. b. Geneviéve Boucot.
M. b. Marie Cailleux.
M. b. Françoiſe Dupont,
M. b. Jean Anquetin.

Samedy. M. b. Guillaume Paulmier.
M. b. Guillaume Dubois.
M. b. Elizabeth Foucault.
M. b. Guillaume Croquet.

6. DIMANCHE. M. Jean Vaſlin.
M. b. Elizabeth Foucault.
Grande Meſſe de Paroiſſe.

Lundy. M. b. Guillaume Daubray &
M. b. Geneviéve Boucot.
M. b. Geneviéve Creſſé.
M. b. Laurent Tartel.
M. b. François Portebedin.

Mardy. M. b. Eſtienne Sergent.
M. b. Marguerite Nazard.
M. b. Guillaume Dubois.

Mercredy. M. b. Eſtienne Sergent.
M. b. Geneviéve Creſſé.

Jeudy. M. b. Guillaume Daubray.
M. b. Simon Bouquet.
Meſſe haute du S. Sacrement, Pierre Thibault.

Vendredy. M. b. Catherine Choart.
M. b. Geneviéve Boucot.
M. b. Marie Cailleux.
M. b. Françoiſe Dupont.
M. b. Jean Anquetin.

Samedy. M. b. Guillaume Paumier.
M. b. Guillaume Dubois.
M. b. Elizabeth Foucault.
M. b. Guillaume Croquet.

7. DIMANCHE. Eau Benie, & M. b. Loüis Camuſet. *Idem,*
qu'au premier.
M. b. Elizabeth Foucault.
M. b. Jean Vallain.
Grande Meſſe de Paroiſſe.

Lundy. M. b. Guillaume Daubray &
M. b. Geneviéve Boucot.
M. b. Geneviéve Creſſé.
M. b. Laurent Tartel.
M. b. François Portebedin.

Mardy. M. b. Eſtienne Sergent.
M. b. Marguerite Nazard.
M. b. Guillaume Dubois.

Mercredy. M. b. Eſtienne Sergent.
M. b. Geneviéve Creſſé.

Jeudy. M. b. Guillaume Daubray &
M. b. Simon Bouquet.
M. b. Jean du Fay.
M. haute du S. Sacrement, Pierre Thibault.

Vendredy. M. b. Catherine Choart.
M. b. Geneviéve Boucot.
M. b. Marie Cailleux.
M. b. Françoiſe Dupont.
M. b. Jean Anquetin.

Samedy. M. b. Guillaume Paumier.
M. b. Guillaume Dubois.
M. b. Elizabeth Foucault.
M. b. Eſtienne Sergent.

8 Dimanche

8. Dimanche. M. b. Jean Vallain.
M. b. Elizabeth Foucault.
Grande Meſſe de Paroiſſe.

Lundy. M. b. Guillaume Daubray &
M. b. Geneviéve Boucot.
M. b. Geneviéve Creſſé.
M. b. Laurent Tartel.
M. b. François Portebedin.

Mardy. M. b. Eſtienne Sergent.
M. b. Marguerite Nazard.
M. b. Guillaume Dubois.

Mercredy. M. b. Eſtienne Sergent.
M. b. Geneviéve Creſſé.

Jeudy. M. b. Guillaume Daubray &
M. b. Simon Bouquet.
M. b. Jean du Fay.
M. haute du S. Sacrement, Pierre Thibaut.

Vendredy. M. b. Catherine Choart.
M. b. Geneniéve Boucot.
M. b. Marie Cailleux.
M. b. Françoiſe Dupont.
M. b. Jean Anquetin.

Samedy. M. b. Guillaume Paulmier.
M. Guillaume Dubois.
M. b. Elizabeth Foucault.
M. b. Eſtienne Sergent.

9. DIMANCHE. Eau benie, & M. b. Loüis Camufet, *Idem*, qu'au premier.

M. b. Elizabeth Foucault.

M. b. Jean Vallain.

Grande Meffe de Paroiffe.

Lundy. M. b. Guillaume Daubray &

M. b. Geneviéve Boucot.

M. b. Geneviéve Creffé.

M. b. Laurent Tartel.

M. b. François Portebedin.

Mardy. M. b. Eftienne Sergent,

M. b. Marguerite Nazard.

M. b. Guillaume Dubois.

Mercredy. M. b. Eftienne Sergent.

M. b. Geneviéve Creffé.

Jeudy. M. b. Guillaume Daubray &

M. b. Simon Bouquet.

M. b. Jean du Fay.

M. haute du S. Sacrement, Pierre Thibaut &

Vendredy. M. b. Catherine Choart.

M. b. Geneviéve Boucot.

M. b. Marie Cailleux.

M. b. Françoife Dupont.

M. b. Jean Anquetin.

Samedy. M. Guillaume Paulmier Curé.

M. b. Guillaume Dubois Curé.

M. b. Elizabeth Foucault.

M. b. Eftienne Sergent.

10 DIMANCHE. M. b. Jean Vallain.
M. b. Elizabeth Foucault.
Grande Meſſe de Paroiſſe.

Lundy. M. b. Guillaume Daubray &
M. b. Geneviéve Boucot.
M. b. Geneviéve Creſſé.
M. b. Laurent Tartel.
M. b. François Portebedin.

Mardy. M. b. Eſtienne Sergent.
M. b. Marguerite Nazard.
M. b. Guillaume Dubois Preſtre.

Mercredy. M. b. Eſtienne Sergent.
M. b. Geneviéve Creſſé.

Jeudy. M b. Guillaume Daubray &
M. b. Simon Bouquet.
M. b. Jean du Fay.
M. haute du S. Sacrement, Pierre Thibault &

Vendredy. M. b. Catherine Choart.
M. b. Geneviéve Boucot.
M. b. Marie Cailleux.
M. b. Françoiſe Dupont.
M. b. Jean Anquetin.

Samedy. M. b. Guillaume Paulmier.
M. b. Guillaume Dubois.
M. b. Elizabeth Foucault.
M. b. Eſtienne Sergent.

11. DIMANCHE. Eau Benie, & M. b. Loüis Camufet. *Idem*, qu'au premier.

M. b. Elizabeth Foucault.

M. b. Jean Vallain.

Grande Meſſe de Paroiſſe.

Lundy. M. b. Guillaume Daubray &

M. b. Geneviéve Boucot.

M. b. Geneviéve Creſſé.

M. b. Laurent Tartel.

M. b. François Portebedin.

Mardy. M. b. Eſtienne Sergent.

M. b. Marguerite Nazard.

M. b. Guillaume Dubois.

Mercredy. M. b. Eſtienne Sergent.

M. b. Geneviéve Creſſé.

Jeudy. M. b. Guillaume Daubray &

M. b. Jean du Fay.

M. b. Geneviéve Creſſé.

M. haute du S. Sacrement, Pierre Thibault.

Vendredy. M. b. Geneviéve Boucot.

M. b. Marie Cailleux.

M. b. Françoiſe Dupont.

M. b. Jean Anquetin.

M. b. Catherine Choart.

Samedy. M. b. Guillaume Paumier.

M. b. Guillaume Dubois.

M. b. Elizabeth Foucault.

M. b. Eſtienne Sergent.

12 Dimanche. M. b. Jean Vallain.
M. b. Elizabeth Foucault.
Grande Meſſe de Paroiſſe.

Lundy. M. b. Guillaume Daubray &
M. b. Geneviéve Boucot.
M. b. Geneviéve Creſſé.
M. b. Laurent Tartel.
M. b. François Portebedin.

Mardy. M. b. Eſtienne Sergent.
M. b. Marguerite Nazard.
M. b. Guillaume Dubois.

Mercredy. M. b. Eſtienne Sergent.
M. b. Geneviéve Creſſé.

Jeudy. M. b. Guillaume Daubray, &
M. b. Jean du Fay.
M. b. Geneviéve Creſſé.
M. haute du S. Sacrement, Pierre Thibault.

Vendredy. M. b. Geneviéve Boucot.
M. b. Marie Cailleux.
M. b. Françoiſe Dupont.
M. b. Jean Anquetin.
M. b. Catherine Choart.

Samedy. M. b. Guillaume Paumier.
M. b. Guillaume Dubois.
M. b. Elizabeth Foucault.
M. b. Eſtienne Sergent.

13. DIMANCHE. Eau Benie, & M. b. Loüis Camuſet. *Idem,*
qu'au premier.
M. b. Elizabeth Foucault.
M. b. Jean Vallain.
Grande Meſſe de Paroiſſe.

Lundy. M. b. Guillaume Daubray &
M. b. Geneviéve Boucot.
M. b. Geneviéve de Creſſé.
M. b. Laurent Tartel.
M. b. François Portebedin.

Mardy. M. b. Eſtienne Sergent.
M. b. Marguerite Nazard.

Mercredy. M. b. Eſtienne Sergent.
M. b. Geneviéve de Creſſé.
M. b. Guillaume Dubois Preſtre.

Jeudy. M. b. Guillaume Daubray.
M. b. Jean du Fay.
M. b. Geneviéve Creſſé.
Meſſe haute du S. Sacrement, Pierre Thibault &

Vendredy. M. b. Geneviéve Boucot.
M. b. Marie Cailleux.
M. b. Françoiſe Dupont.
M. b. Jean Anquetin.
M. b. Catherine Choart.

Samedy. M. b. Guillaume Paulmier.
M. b. Guillaume Dubois.
M. b. Elizabeth Foucault.
M. b. Eſtienne Sergent.

14. **DIMANCHE.** M. b. Jean Vallain.
M. b. Elizabeth Foucault.
Grande meſſe de Paroiſſe.

Lundy. M. b. Guillaume Daubray &
M. b. Geneviéve Boucot.
M. b. Geneviéve Creſſé.
M. b. Laurent Tartel.
M. b. Jean Millard Preſtre.

Mardy. M. b. Eſtienne Sergent.
M. b. Marguerite Nazard.

Mercredy. M. b. Eſtienne Sergent.
M. b. Geneviéve Creſſé.

Jeudy. M. b. Guillaume Daubray &
M. b. Jean du Fay.
M. b. Geneviéve Creſſé.
Meſſe haute du S. Sacrement, Pierre Thibault

Vendredy. M. b. Geneviéve Boucot.
M. b. Marie Cailleux.
M. b. Françoiſe Dupont.
M. b. Jean Anquetin.
M. b. Catherine Choart.

Samedy. M. b. Guillaume Paulmier.
M. b. Guillaume Dubois.
M. b. Elizabeth Foucault.
M. b. Eſtienne Sergent.

15. DIMANCHE. Eau-benie. M. b. Loüis Camufet. *Idem*, qu'au premier.
M. b. Elizabeth Foucault.
M. b. Jean Vallain.
Grande Meffe de Paroiffe.

Lundy. M. b. Guillaume Daubray &
M. b. Geneviéve Boucot.
M. b. Geneviéve Creffé.
M. b. Laurent Tartel.
M. b. Jean Millard Preftre.

Mardy. M. b. Eftienne Sergent.
M. b. Marguerite Nazard.

Mercredy. M. b. Eftienne Sergent.
M. b. Geneviéve Creffé.

Jeudy. M. b. Guillaume Daubray.
M. b. Jean du Fay.
M. b. Geneviéve Creffé.
Meffe haute du S. Sacrement, Pierre Thibault.

Vendredy. M. b. Geneviéve Boucot.
M. b. Marie Cailleux.
M. b. Françoife Dupont.
M. b. Jean Anquetin.
M. b. Catherine Choart.

Samedy. M. b. Guillaume Paumier.
M. b. Guillaume Dubois.
M. b. Elizabeth Foucault.
M. b. Eftienne Sergent.

16. Dimanche.

16 DIMANCHE. M. b. Jean Vallain.
M. b. Elizabeth Foucault.
Grande meſſe de Paroiſſe.

Lundy. M. b. Guillaume Daubray, &
M. b. Geneviéve Boucot.
M. b. Geneviéve Creſſé.
M. b. Laurent Tartel.
M. b. Jean Millard.

Mardy. M. b. Eſtienne Sergent.
M. b. Marguerite Nazard.

Mercredy. M. b. Eſtienne Sergent.
M. b. Geneviéve Creſſé.

Jeudy. M. b. Guillaume Daubray, &
M. b. Jean du Fay.
M. b. Geneviéve Creſſé.
M. haute du Saint Sacrement, Pierre Thibault.

Vendredy. M. b. Geneviéve Boucot.
M. b. Marie Cailleux.
M. b. Françoiſe du Pont.
M. b. Jean Anquetin.

Samedy. M. b. Guillaume Paulmier, Curé.
M. b. Guillaume Dubois, Curé.
M. b. Elizabeth Foucault.
M. b. Eſtienne Sergent.

17 DIMANCHE. Eau-benie, & M. b. Loüis Camuset. *Idem,*
qu'au premier.
M. b. Elizabeth Foucault.
M. b. Jean Vallain.
Grande Messe de paroisse.

Lundy. M. b. Guillaume Daubray, & Marguerite Mulets.
M. Geneviéve Boucot.
M. b. Geneviéve Cressé.
M. b. Laurent Tartel.
M b. Jean Millard, Prestre.

Mardy. M. b. Estienne Sergent.
M. b. Marguerite Nazard.
M. b. Nicolle Jourdain.

Mercredy. M. b. Estienne Sergent.
M. b. Geneviéve Cressé.

Jeudy. M. b. Guillaume Daubray.
M. b. Jean du Fay.
M. b. Geneviéve Cressé.
M. haute du Saint Sacrement, Pierre Thibault.

Vendredy. M. b. Geneviéve Boucot.
M. b. Marie Cailleux.
M. b. Françoise du Pont.
M. b. Jean Anquetin.

Samedy. M. b. Guillaume Paulmier.
M. b. Guillaume Dubois:
M. b. Elizabeth Foucault.
M. b. Estienne Sergent.

18 DIMANCHE. M. b. Jean Vallain.
M. b. Elizabeth Foucault.
Grande Meſſe de paroiſſe.

Lundy. M. b. Guillaume Daubray, &
M. b. Geneviéve Boucot.
M. b. Geneviéve Creſſé.
M. b. Laurent Tartel.
M. b. Jean Millard.

Mardy. M. b. Eſtienne Sergent.
M. b. Marguerite Nazard.
M. b. Nicolle Jourdain.

Mercredy. M. b. Eſtienne Sergent.
M. b. Geneviéve Creſſé.

Jeudy. M. b. Guillaume Daubray, &
M. b. Jean du Fay.
M. b. Geneviéve Creſſé.
M. haute du Saint Sacrement, Pierre Thibault.

Vendredy. M. b. Geneviéve Boucot.
M. b. Marie Cailleux.
M. b. Françoiſe du Pont.
M. b. Jean Anquetin.

Samedy. M. b. Guillaume Paulmier.
M. b. Guillaume Dubois.
M. b. Elizabeth Foucault.
M. b. Eſtienne Sergent.

19 DIMANCHE. Eau-benie, & M. b. Loüis Camuſet. *Idem,* qu'au premier.
M. b. Elizabeth Foucault.
M. b. Jean Vallain.
Grande Meſſe de Paroiſſe.

Lundy. M. b. Guillaume Daubray, &
M. b. Geneviéve Boucot.
M. b. Geneviéve Creſſé.
M. b. Laurent Tartel.
M. b. Jean Millard Preſtre.

Mardy. M. b. Eſtienne Sergent.
M. b. Marguerite Nazard.
M. b. Nicolle Jourdain.

Mercredy. M. b. Eſtienne Sergent.
M. b. Geneviéve Creſſé.

Jeudy. M. b. Guillaume Daubray, &
M. b. Jean du Fay.
M. b. Geneviéve Creſſé.
M. haute du Saint Sacrement, Pierre Thibault.

Vendredy. M. b. Geneviéve Boucot.
M. b. Marie Cailleux.
M. b. Françoiſe du Pont.
M. b. Jean Anquetin.

Samedy. M. b. Guillaume Paulmier.
M. b. Guillaume Dubois.
M. b. Elizabeth Foucault.
M. b. Eſtienne Sergent.

20 DIMAN-

20 DIMANCHE. M. b. Jean Vallain.
M. b. Elizabeth Foucault.
Grande Messe de Paroisse.

Lundy. M. b. Guillaume Daubray, &
M. b. Geneviéve Boucot.
M. b. Geneviéve Cressé.
M. b. Laurent Tartel.
M. b. Jean Millard Prestre.

Mardy. M. b. Estienne Sergent.
M. b. Marguerite Nazard.
M. b. Nicolle Jourdain.

Mercredy. M. b. Estinne Sergent.
M. b. Geneviéve Cressé.

Jeudy. M. b. Guillaume Daubray, &
M. b. Jean du Fay.
M. b. Geneviéve Cressé.
M. haute du Saint Sacrement, Pierre Thibault.

Vendredy. M. b. Geneviéve Boucot.
M. b. Marie Cailleux.
M. b. Françoise du Pont.
M. b. Jean Anguetin.

Samedy. M. b. Guillaume Paulmier.
M. b. Guillaume Dubois.
M. b. Elizabeth Foucault.
M. b. Estienne Sergent.

X

21 DIMANCHE. Eau-benie, & M. b. Loüis Ca muſet. *Idem,*
qu'au premier.
M. b. Elizabeth Foucault.
M. b. pour Simon Coſſard.
Grande Meſſe de Paroiſſe.

Lundy. M. b. Guillaume Daubray , &
M. b. Geneviéve Boucot.
M. b. Geneviéve Creſſé.
M. b. Laurent Tartel.
M. b. Jean Millard , Preſtre.

Mardy. M. b. Eſtienne Sergent.
M. b. Marguerite Nazard.
M. b. Nicolle Jourdain.

Mercredy. M. b. Eſtienne Sergent.
M. b. Geneviéve Creſſé.

Jeudy. M. b. Guillaume Daubray , &
M. b. Jean du Fay.
M. b. Geneviéve Creſſé.
M. haute du Saint Sacrement, Pierre Thibault.

Vendredy. M. b. Geneviéve Boucot.
M. b. Marie Cailleux.
M. b. Françoiſe du Pont.
M. b. Jean Anquetin.

Samedy. M. b. Guillaume Paulmier.
M. b. Guillaume Dubois.
M. b. Elizabeth Foucault.
M. b. Eſtienne Sergent.

22 DIMANCHE. M. b. Elizabeth Foucault.
M. b. Simon Coffart.
Grande Meffe de Paroiffe.

Lundy. M. b. Guillaume Daubray , &
M. b. Geneviéve Boucot.
M. b. Geneviéve Creffé.
M. b. Laurent Tartel.
M. b. Jean Millard.

Mardy. M. b. Eftienne Sergent.
M. b. Marguerite Nazard.
M. b. Nicolle Jourdain.

Mercredy. M. b. Eftienne Sergent.
M. b. Michel Février & Loüife Favier.

Jeudy. M. Guillaume Daubray , &
M. b. Jean du Fay.
M. b. Geneviéve Creffé.
M. haute du Saint Sacrement.

Vendredy. M. b. Geneviéve Boucot.
M. b. Marie Cailleux.
M. b. Françoife du Pont.
M. b. Jean Anquetin.

Samedy. M. b. Guillaume Paulmier.
M. b. Guillaume Dubois.
M. b. Elizabeth Foucault.
M. b. Eftienne Sergent.

23 DIMANCHE. Eau-benie, & M. b. Loüis Camuſet. *Idem,* qu'au premier.
M. b. Elizabeth Foucault.
M. b. Simon Coſſart.
Grande Meſſe de Paroiſſe.

Lundy. M. b. Guillaume Daubray, &
M. b. Geneviéve Boucot.
M. b. Geneviéve Creſſé.
M. b. Laurent Tartel.
M. b. Jean Millard p.

Mardy. M. b. Eſtienne Sergent.
M. b. Marguerite Nazard.
M. b. Nicolle Jourdain.

Mercredy. M. b. Eſtienne Sergent.
M. b. Michel Février & Loüiſe Favier.

Jeudy. M. b. Guillaume Daubray, &
M. b. Jean du Fay.
M. b Geneviéve Creſſé.
M. haute du Saint Sacrement, Pierre Thibault.

Vendredy. M. b. Geneviéve Boucot.
M. b. Marie Cailleux.
M. b. Françoiſe du Pont.
M. b. Jean Anquetin.

Samedy. M. b. Guillaume Paulmier.
M. b. Guillaume Dubois.
M. b. Elizabeth Foucault.
M. b. Eſtienne Sergent.

24 DIMAN-

24 D I M A N C H É. M. b. Simon Coſſart.
M. b. Elizabeth Foucault.
Grande Meſſe de Paroiſſe.

Lundy. M. b. Guillaume Daubray, &
M. b. Geneviéve Boucot.
M. b. Geneviéve Creſſé.
M. b. Laurent Tartel.
M. b. Jean Millard Preſtre.

Mardy. M. b. Eſtienne Sergent.
M. b. Marguerite Nazard.
M. b. Nicolle Jourdain.

Mercredy. M. b. Eſtienne Sergent.
M. b. Michel Février & Loüiſe Favier.

Jeudy. M. b. Guillaume Daubray, &
M. b. Jean du Fay.
M. b. Geneviéve Creſſé.
M. haute du Saint Sacrement.

Vendredy. M. b. Geneviéve Boucot.
M. b. Marie Cailleux.
M. b. Françoiſe du Pont.
M. b. Jean Anquetin.

Samedy. M. b. Guillaume Paumier.
M. b. Guillaume Dubois.
M. b. Elizabeth Foucault.
M. b. Eſtienne Sergent.

25 DIMANCHE Eau-benie, & M. b. Loüis Camuset. *Idem.*
qu'au premier.
M. b. Elizabeth Foucault.
M. b. Simon Coſſart.
Grande Meſſe de Paroiſſe.

Lundy. M. b. Guillaume Daubray, &
M. b. Geneviéve Boucot.
M. b. Geneviéve Creſſé.
M. b. Laurent Tartel.
M. b. Jean Millard P.

Mardy. M. b. Eſtienne Sergent.
M. b. Marguerite Nazard.
M. b. Nicolle Jourdain.

Mercredy. M. b. Eſtienne Sergent.
M. b. Michel Février, & Loüiſe Favier.

Jeudy. M. b. Guillaume Daubray, &
M. b. Jean du Fay.
M. b. Geneviéve Creſſé.
M. haute du Saint Sacrement.

Vendredy. M. b. Geneviéve Boucot.
M. b. Marie Cailleux.
M. b. Françoiſe du Pont.
M. b. Jean Anqueſtin.

Samedy. M. b. Guillaume Paumier.
M. b. Guillaume Dubois.
M. b. Elizabeth Foucault.
M. b. Eſtienne Sergent.

26 DIMANCHE M. b. Simon Collard.
M. b. Eiizabeth Foucault.
Grande Meſſe de Paroiſſe.

Lundy. M. b. Guillaume Daubray, &
M. b. Geneviéve Boucot.
M. b. Geneviéve Creſſé.
M. b. Laurent Tartel.
M. b. Jean Millard P.

Mardy. M. b. Eſtienne Sergent.
M. b. Marguerite Nazard.
M. b. Nicolle Jourdain.

Mercredy. M. b. Eſtienne Sergent.
M. b. Michel Février & Loüiſe Favier ſa femme.

Jeudy. M. b. Guillaume Daubray, &
M. b. Jean du Fay.
M. b. Geneviéve Creſſé.
M. haute du Saint Sacrement.

Vendredy. M. b. Geneviéve Boucot.
M. b. Marie Cailleux.
M. b. Françoiſe du Pont.
M. b. Jean Anquetin.

Samedy. M. b. Guillaume Paumier.
M. b. Guillaume Dubois.
M. b. Eliſabeth Foucault.
M. b. Eſtienne Sergent.

27 DIMANCHE. Eau-benie, & M. b. Loüis Camuſet. *Idem*, qu'au premier.
M. b. Elizabeth Foucault.
M. b. veuve Burgundis.
Grande Meſſe de Paroiſſe.

Lundy. M. b. Guillaume Daubray, &
M. b. Geneviéve Boucot.
M. b. Geneviéve Creſſé.
M. b. Laurent Tartel.
M. b. Jean Millard Preſtre.

Mardy. M. b. Eſtienne Sergent.
M. b. Marguerite Nazard.
M. b. Nicolle Jourdain.

Mercredy. M. b. Eſtienne Sergent.
M. b. Michel Février & Loüiſe Favier.

Jeudy. M. b. Guillaume Daubray, &
M. b. Jean du Fay.
M. b. René Veron.
M. haute du Saint Sacrement.

Vendredy. M. b. Geneviéve Boucot.
M. b. Marie Cailleux.
M. b. Françoiſe du Pont.
M. b. Jean Anquetin.

Samedy. M. b. Guillaume Paumier.
M. b. Guillaume Dubois.
M. b. Elizabeth Foucault.
M. b. Eſtienne Sergent.

28 DIMAN-

28 DIMANCHE. M. b. la veuve Burgundis.
M. b. Elizabeth Foucault.
Grande Meſſe de paroiſſe.

Lundy. M. b. Guillaume Daubray, &
M. b. Geneviéve Boucot.
M. b. Geneviéve Creſſé.
M. b. Laurent Tartel.
M. b. Jean Millard, Preſtre.

Mardy. M. b. Eſtienne Sergent.
M. b. Marguerite Nazard.
M. b. Nicolle Jourdain.

Mercredy. M. b. Eſtienne Sergent.
M. b. Michel Février & Loüiſe Favier.

Jeudy. M. b. Guillaume Daubray, &
M. b. Jean du Fay.
M. b. René Veron.
M. haute du Saint Sacrement.

Vendredy. M. b. Geneviéve Boucot.
M. b. Marie Cailleux.
M. b. Françoiſe du Pont.
M. b. Claude du Chemin.

Samedy. M. b. Guillaume Paumier.
M. b. Guillaume Dubois.
M. b. Elizabeth Foucault.
M. b. Eſtienne Sergent.

Z

29 DIMANCHE. Eau-benie, & M. b. Loüis Camuſet. *Idem*
qu'au premier.
M. b. Elizobeth Foucault.
M. b. veuve de Burgundis.
Grande Meſſe de Paroiſſe.

Lundy. M. b. Guillaume Daubray, &
M. b. Geneviéve Boucot.
M b. Geneviéve Creſſé.
M. b. Laurent Tartel.
M. b. Jean Millard P.

Mardy. M. b. Eſtienne Sergent.
M. b. Marguerite Nazard.
M. b. Nicolle Jourdain.

Mercredy. M. b. Eſtienne Sergent.
M. b. Michel Février & Loüiſe Favier.

Jeudy. M. b. Guillaume d'Aubray, &
M. b. Jean du Fay.
M. b René Veron.
M. haute du Saint Sacrement.

Vendredy. M. b. Geneviéve Boucot.
M. b. Marie Cailleux.
M. b. Françoiſe du Pont.
M. b. Claude du Chemin.

Samedy. M. b. Guillaume Paumier.
M. b. Guillaume Dubois.
M. b. Eliſabeth Foucault.
M. b. Eſtienne Sergent.

30. DIMANCHE. M. b. Elizabeth Foucault.
Grande Meſſe de Parroiſſe·

Lundy. M. b. Guillaume Daubray, &.
M. b. Geneviéve Boucot.
M. b. Geneviéve Creſſé.
M. b. Laurent Tartel.
M. b. Jean Millard , Preſtre.

Mardy. M. b. Eſtienne Sergent.
M. b. Marguerite Nazard.
M. b. Nicolle Jourdain.

Mercredy. M. b. Eſtienne Sergent.
M. b. Michel Février , & Loüiſe Favier.

Jeudy M. b. Guillaume Daubray.
M. b. Jean du Fay.
M. b. René Veron.
M. haute du Saint Sacrement.

Vendredy. M. b. Geneviéve Boucot.
M. b. Marie Cailleux.
M. b. Francoiſe du Pont.
M. b. Claude du Chemin.

Samedy. M. b. Guillaume Paumier.
M. b. Guillaume du Bois.
M. b. Elizabeth Foucault.
M. b. Eſtienne Sergent.

31 DIMANCHE. Eau-benie, & M. b. Loüis Camufet. *Idem,* qu'au premier.
M. b. Elizabeth Foucault.
Grande Meffe de paroiffe.

Lundy. M. b. Guillaume Daubray, &
M. Geneviéve Boucot.
M. b. Geneviéve Creffé.
M. b. Laurent Tartel.
M b. Jean Millard, Preftre.

Mardy. M. b. Eftienne Sergent.
M. b. Marguerite Nazard.
M. b. Nicolle Jourdain.

Mercredy. M. b. Eftienne Sergent.
M. b. Michel Février & Loüife Favier.

Jeudy. M. b. Guillaume Daubray, &
M. b. René Veron.
M. b. Jean du Fay.
M. haute du Saint Sacrement.

Vendredy. M. b. Geneviéve Boucot.
M. b. Marie Cailleux.
M. b. Françoife du Pont.
M. b. Claude du Chemin.

Samedy. M. b. Guillaume Paumier.
M. b. Guillaume Dubois:
M. b. Elizabeth Foucault.
M. b. Eftienne Sergent.

32 DIMAN-

32 DIMANCHE. M. b. Elizabeth Foucault.
Grande Meſſe de Paroiſſe.

Lundy. M. b. Guillaume Daubray, &
M. b. Geneviéve Boucot.
M. b. Geneviéve Creſſé.
M. b. Laurent Tartel.
M. b. Jean Millard, P.

Mardy. M. b. Eſtienne Sergent.
M. b. Marguerite Nazard.
M. b. Nicolle Jourdain.

Mercredy. M. b. Eſtienne Sergent.
M. b. Michel Fêvrier & Loüiſe Favier.

Jeudy. M. b. Guillaume Daubray, &
M. b. René Veron.
M. b. Jean du Fay.
M. haute du Saint Sacrement.

Vendredy. M. b. Geneviéve Boucot.
M. b. Marie Cailleux.
M. b. Claude du Chemin.

Samedy. M. b. Guilllaume Paumier.
M. b. Guillaume Dubois.
M. b. Elizabeth Foucault.
M. b. Eſtienne Sergent.

33. DIMANCHE. Eau benie, & M. b. Loüis Camufet. *Idem*, qu'au premier.

M. b. Elizabeth Foucault.

Grande Meffe de Paroiffe.

Lundy. M. b. Guillaume Daubray.

M. b. Geneviéve Boucot.

M. b. Geneviéve Creffé.

M. b. Laurent Tartel.

M. b. Jean Millard P.

Mardy. M. b. Eftienne Sergent.

M. b. Marguerite Nazard.

M. Nicolle Jourdain.

Mercredy. M. b. Eftienne Sergent.

M. b. Michel Février & Loüife Favier.

Jeudy. M. b. Guillaume Daubray.

M. b. Guillaume Frezon & Marie Hachette.

M. b. Jean du Fay.

M. haute du S. Sacrement.

Vendredy. M. b. Geneviéve Boucot.

M. b. Marie Cailleux.

M. b. Claude Duchemin.

Samedy. M. b. Guillaume Paumier.

M. b. Guillaume Dubois.

M. b. Elizabeth Foucault.

M. b. Eftienne Sergent.

34. **DIMANCHE.** M. b. Elizabeth Foucault.
Grande Messe de Paroisse.

Lundy. M. b. Guillaume Daubray &
M. b. Geneviéve Boucot.
M. b. Geneviéve de Cresté.
M. b. Laurent Tartel.
M. b. Jean Millard.

Mardy. M. b. Estienne Sergent.
M. b. Marguerite Nazard.
M. b. Nicolle Jourdain.

Mercredy. M. b. Estienne Sergent.
M. b. Claude Rousselet.

Jeudy. M. b. Guillaume Daubray.
M. b. Guillaume Frezon.
M. b. Jean du Fay.
M. haute du S. Sacrement.

Vendredy. M. b. Geneviéve Boucot.
M. b. Marie Cailleux.
M. b. Claude Duchemin.

Samedy. M. b. Guillaume Paumier.
M. b. Guillaume Dubois.
M. b. Elizabeth Foucault.
M. b. Estienne Sergent.

35 DIMANCHE. Eau Benie, &c. M. b. Loüis Camuset. Idem,
qu'au premier.
M. b. Elizabeth Foucault.
Grande Meſſe de Paroiſſe.

Lundy. M. b. Guillaume Daubray &
M. b. Geneviéve Boucot.
M. b. Geneviéve Creſſé.
M. b. Laurent Tartel.
M. b. Jean Millard.

Mardy. M. b. Eſtienne Sergent.
M. b. Nicolle Jourdain.
M. b. Elizabeth Foucault.

Mercredy. M. b. Eſtienne Sergent.
M. b. Claude Rouſſelet.

Jeudy. M. b. Guillaume Daubray.
M. b. Jean du Fay.
M. haute du S. Sacrement.

Vendredy. M. b. Geneviéve Boucot.
M. b. Marie Cailleux.
M. b. Claude Duchemin.
M. b. Nicolle Grandchere.

Samedy, M. b. Guillaume Paümier.
M. b. Guillaume Dubois.
M. b. Elizabeth Foucault.
M. b. Eſtienne Sergent.

36 DIMANCHE. M. b. Elizabeth Foucault.
Grande Meſſe de Paroiſſe.

Lundy. M. b. Guillaume Daubray.
M. b. Geneviéve Boucot.
M. b. Geneviéve Creſſé.
M. b. Laurent Tartel.
M. b. Jean Millard P.

Mardy. M. b. Eſtienne Sergent.
M. b. Elizabeth Foucault.
M. b. Nicolle Jourdain.

Mercredy. M. b. Eſtienne Sergent.
M. b. Claude Rouſſelet.

Jeudy. M. b. Guillaume Daubray.
M. b. Jean du Fay.
M. haute du S. Sacrement.

Vendredy. M. b. Geneviéve Boucot.
M. b. Marie Cailleux.
M. b. Claude Duchemin.
M. b. Nicolle Grandchere.

Samedy. M. b. Guillaume Paumier.
M. b. Guillaume Dubois.
M. b. Elizabeth Foucault.
M. b. Eſtienne Sergent.

37. DIMANCHE. Eau Benie, & M. b. Louis Camufet, Idem
qu'au premier.
M. b. Elizabeth Foucault.
Grande Meſſe de Paroiſſe.

Lundy. M. b. Guillaume Daubray
M. b. Geneviéve Boucot.
M. b. Geneviéve Creſſé.
M. b. Laurent Tartel.
M. b. Jean Millard Preſtre.

Mardy. M. b. Eſtienne Sergent.
M. b. Nicolle Jourdain.
M. b. Elizabeth Foucault.

Mercredy. M. b. Eſtienne Sergent.
M. b. Claude Rouſſelet.

Jeudy. M. b. Guillaume Daubray
M. b. Jean du Fay.
M. haute du S. Sacrement.

Vendredy. M. b. Nicolle Grandchere.
M. b. Geneviéve Boucot.
M. b. Marie Cailleux.
M. b. Claude Duchemin.

Samedy. M. b. Guillaume Paumier.
M. b. Guillaume Dubois.
M. b. Elizabeth Foucault.
M. b. Eſtienne Sergent.

38 DIMANCHE. M. b. Elizabeth Foucault,
Grande Meſſe de Paroiſſe.

Lundy. M. b. Guillaume Paumier.
M. b. Geneviéve Boucot.
M. b. Geneviéve Creſſé.
M. b. Laurent Tartel.
M. b. Nicolas Février.

Mardy. M. b. Eſtienne Sergent.
M. b. Nicolle Jourdain.
M. b. Elizabeth Foucault.

Mercredy. M. b. Eſtienne Sergent.
M. b. Claude Rouſſelet.

Jeudy. M. b. Guillaume Daubray , &
M. b. Jean du Fay.
Meſſe haute du S. Sacrement.

Vendredy. M. b. Geneviéve Boucot.
M. b. Marie Cailleux.
M. b. Claude Duchemin.
M. b. Nicolle Grandchere.

Samedy. M. b. Guillaume Paumier.
M. b. Guillaume Dubois.
M. b. Elizabeth Foucault.
M. b. Eſtienne Sergent.

39 DIMANCHE. Eau benie, & M. b. Loüis Camuſet. *Idem,*
qu'au premier.
M. b. Elizabeth Foucault.
Grande Meſſe de Paroiſſe.

Lundy. M. b. Guillaume Daubray
M. b. Geneviéve Boucot.
M. b. Geneviéve Creſſé.
M. b. Laurent Tartel.
M. b. Nicolas Février.

Mardy. M. b. Eſtienne Sergent,
M. b. Elizabeth Foucault.

Mercredy. M. b. Eſtienne Sergent.
M. b. Claude Rouſſelet.

Jeudy. M. b. Guillaume Daubray &
M. b. Jean du Fay.
M. haute du S. Sacrement.

Vendredy. M. b. Nicolle Granchere.
M. b. Geneviéve Boucot.
M. b. Marie Cailleux.
M. b. Claude Duchemin.

Samedy. M. Guillaume Paulmier.
M. b. Guillaume Dubois.
M. b. Elizabeth Foucault.
M. b. Eſtienne Sergent.

40 Dimanche.

40 **DIMANCHE.** M. b. Elizabeth Foucault.
Grande Messe de Paroisse.

Lundy. M. b. Guillaume Daubray
M. b. Geneviéve Boucot.
M. b. Geneviéve Cressé.
M. b. Laurent Tartel.
M. b. Nicolas Février.

Mardy. M. b. Estienne Sergent.
M. b. Jean Serre.
M. b. Elizabeth Foucault.

Mercredy. M. b. Estienne Sergent.
M. b. Claude Rousselet.

Jeudy. M. b. Guillaume Daubray &
M. b. Jean du Fay.
M. haute du S. Sacrement.

Vendredy. M. b. Nicolle Granchere.
M. b. Geneniéve Boucot.
M. b. Marie Cailleux.
M. b. Claude Duchemin.

Samedy. M. b. Guillaume Paulmier.
M. Guillaume Dubois.
M. b. Elizabeth Foucault.
M. b. Estienne Sergent.

41 DIMANCHE. Eau benie, &c. M. b. Loüis Camufet. *Idem*
qu'au premier.
M. b. Elizabeth Foucault.
Grande Meffe de Paroiffe.

Lundy. M. b. Guillaume Daubray
M. b. Geneviéve Boucot.
M. b. Geneviéve Creffé.
M. b. Laurent Tartel.
M. b. Nicolas Fevrier.

Mardy. M. b. Eftienne Sergent.
M. b. Jean Serre.
M. b. Elizabeth Foucault.

Mercredy. M. b. Eftienne Sergent.
M. b. Claude Rouffelet.

Jeudy. M b. Guillaume Daubray.
M. b. Jean du Fay.
M. haute du S. Sacrement.

Vendredy. M. b. Nicolle Granchere.
M. b. Geneviéve Boucot.
M. b. Marie Cailleux.
M. b. Claude Duchemin.

Samedy. M. b. Guillaume Paulmier.
M. b. Guillaume Dubois.
M. b. Elizabeth Foucault.
M. b. Eftienne Sergent.

42 DIMANCHE. M. b. Adam de Colombiers.
M. b. Elizabeth Foucault.
Grande Meſſe de Paroiſſe.

Lundy. M. b. Guillaume Daubray &
M. b. Geneviéve Boucot.
M. b. Geneviéve Creſſé.
M. b. Laurent Tartel.
M. b. Nicolas Février.

Mardy. M. b. Eſtienne Sergent.
M. b. Jean Serre.
M. b. Elizabeth Foucault.

Mercredy. M. Eſtienne Sergent.
M. b. Claude Rouſſelet.

Jeudy. M. b. Guillaume Daubray &
M. b. Jean du Fay.
Meſſe haute du S. Sacrement.

Vendredy. M. b. Nicolle Granchere.
M. b. Geneviéve Boucot.
M. b. Marie Cailleux.

Samedy. M. b. Guillaume Paulmier.
M. b. Guillaume Dubois.
M. b. Elizabeth Foueault.
M. b. Eſtienne Sergent.

43 DIMANCHE. M. b. Adam de Colombiers.
M. b. Elizabeth Foucault.
Grande Meſſe de Paroiſſe.

Lundy. M. b. Guillaume Daubray.
M. b. Geneviéve Boucot.
M. b. Geneviéve Creſſé.
M. b. Laurent Tartel.
M. b. Nicolas Février.

Mardy. M. b. Eſtienne Sergent.
M. b. Jean Serre.

Mercredy. M. b. Eſtienne Sergent.
M. b. Claude Rouſſelet.

Jeudy. M. b. Guillaume Daubray, &
M. b. Jean du Fay.
M. haute du S. Sacrement.

Vendredy. M. b. Nicolle Granchere.
M. b. Geneviéve Boucot.
M. b. Marie Cailleux.
M. b. Marie de Heres.

Samedy. M. b. Guillaume Paumier.
M. b. Guillaume Dubois.
M. b. Elizabeth Foucault.
M. b. Eſtienne Sergent.

44 Dimanche.

44 DIMANCHE. M. b. Adam de Colombiers.
M. b. Elizabeth Foucault.
Grande meſſe de Paroiſſe.

Lundy. M. b. Guillaume Daubray
M. b. Geneviéve Boucot.
M. b. Geneviéve Creſſé.
M. b. Laurent Tartel.

Mardy. M. b. Eſtienne Sergent.
M. b. Jean Serre.

Mercredy. M. b. Eſtienne Sergent.
M. b. Claude Rouſſelet.

Jeudy. M. b. Guillaume Daubray &
M. b. Jean du Fay.
Meſſe haute du S. Sacrement.

Vendredy. M. b. Nicolle Granchere.
M. b. Geneviéve Boucot.
M. b. Marie Cailleux.
M. b. Marie de Herès.

Samedy. M. b. Guillaume Paulmier.
M. b. Guillaume Dubois.
M. b. Elizabeth Foucault.
M. b. Eſtienne Sergent.

45. DIMANCHE. M. b. Adam Colombiers.
M. b. Elizabeth Foucault.
Grande Messe de Paroisse.

Lundy. M. b. Guillaume Daubray.
M. b. Geneviéve Boucot.
M. b. Geneviéve de Cressé.
M. b. Laurent Tartel.

Mardy. M. b. Estienne Sergent.
M. b. Jean Serre.

Mercredy. M. b. Estienne Sergent.
M. b. Guerin de la Clergerie.

Jeudy. M. b. Guillaume Daubray.
M. b. Jean du Fay.
Messe haute du S. Sacrement.

Vendredy. M. b. Catherine du Hamel.
M. b. Geneviéve Boucot.
M. b. Marie Cailleux.
M. b. Marie Denison.

Samedy. M. b. Guillaume Paulmier.
M. b. Guillaume Dubois.
M. b. Elizabeth Foucault.
M. b. Estienne Sergent.

46 DIMANCHE. M. b. Adam de Colombiers,
M. b. M. b. Elizabeth Foucault.
Grande Messe de Paroisse.

Lundy. M. b. Guillaume Daubray
M. b. Geneviéve Boucot.
M. b. Geneviéve de Cressé.
M. b. Laurent Tartel.

Mardy. M. b. Estienne Sergent.
M. b. Jean Serre.

Mercredy. M. b. Estienne Sergent.
M. b. Guerin de la Clergerie.

Jeudy. M. b. Guillaume Daubray.
M. b. Jean du Fay.
M. haute du S. Sacrement.

Vendredy. M. b. Catherine du Hamel.
M. b. Geneviéve Boucot.
M. b. Marie Cailleux.
M. b. Marie Denison.

Samedy. M. b. Guillaume Paumier.
M. b. Guillaume Dubois.
M. b. Elizabeth Foucault.
M. b. Estienne Sergent.

47 DIMANCHE. M. b. Adam de Colombiers.
M. b. Elizabeth Foucault.
Grande Meſſe de Paroiſſe.

Lundy. M. b. Guillaume Daubray &
M. b. Geneviéve Boucot.
M. b. Geneviéve Creſſé.
M. b. Laurent Tartel.

Mardy. M. b. Eſtienne Sergent.
M. b. Jean Serre.

Mercredy. M. b. Eſtienne Sergent.
M. b. Guerrin de la Clergerie.
M. b. Jeanne Villain.

Jeudy. M. b. Guillaume Daubray.
M. b. Jean du Fay.
M. haute du S. Sacrement.

Vendredy. M. b. Catherine du Hamel.
M. b. Geneviéve Boucot.
M. b. Marie Cailleux.
M. b. Marie Deniſon.

Samedy, M. b. Guillaume Paumier.
M. b. Guillaume Dubois.
M. b. Elizabeth Foucault.
M. b. Eſtienne Sergent.

48 Dimanche

48 DIMANCHE. M. b. Adam de Colombiers.
M. b. Elizabeth Foucault,
Grande Messe de Paroisse.

Lundy. M. b. Guillaume Daubray, &
M. b. Geneviéve Boucot.
M. b. Geneviéve Cressé.
M. b. Laurent Tartel.

Mardy. M. b. Estienne Sergent.
M. b. Jean Serre.

Mercredy. M. b. Estinne Sergent.
M. b. Guerrin de la Clergerie.
M. b. Jeanne Villain.

Jeudy. M. b. Guillaume Daubray, &
M. b. Jean du Fay.
M. haute du Saint Sacrement.

Vendredy. M. b. Catherine du Hamel.
M. b. Geneviéve Boucot.
M. b. Marie Cailleux.
M. b. Marie Denison.

Samedy. M. b. Guillaume Paumier.
M. b. Guillaume Dubois.
M. b. Elizabeth Foucault.
M. b. Estienne Sergent.

E e

49 DIMANCHE. M. b. Adam de Colombiers.
M. b. Elizabeth Foucault.
Grande Messe de Paroisse.

Lundy. M. b. Guillaume Daubray, &
M. b. Geneviéve Boucot.
M. b. Geneviéve Cressé.
M. b. Laurent Tartel.

Mardy. M. b. Estienne Sergent.
M. b. Alexandre de la Bliniere, Prestre.

Mercredy. M. b. Estienne Sergent.
M. b. Guerin de la Clergerie.
M. b. Jeanne Villain.

Jeudy. M. b. Guillaume Daubray, &
M. b. Jean du Fay
M. haute du Saint Sacrement.

Vendredy. M. b. Guillemette Aubert, femme d'Estienne
    Sergent
M. b. Geneviéve Boucot.
M. b. Marie Cailleux.
M. b. Marie Denison.

Samedy. M. b. Guillaume Paumier.
M. b. Guillaume Dubois.
M. b. Elizabeth Foucault.
M. b. Estienne Sergent.

50 D I M A N C H E. M. b. Adam de Colombiers.
M. b. Elizabeth Foucault.
Grande Meſſe de Paroiſſe.

Lundy. M. b. Guilaume Daubray, &
M. b. Geneviéve Boucot.
M. b. Geneviéve Creſſé.
M. b. Laurent Tartel.

Mardy. M. b. Eſtienne Sergent.
M. b. Alexandre de la Bliniere Preſtre.

Mercredy. M. b. Eſtienne Sergent.
M. b. Guerrin de la Clergerie.
M. b. Jeanne Villain.

Jeudy. M. b. Guillaume Daubray, &
M. b. Jean du Fay.
M. haute du Saint Sacrement.

Vendredy. M. b. Gnillemette Aubert.
M. b. Geneviéve Boucot.
M. b. Marie Cailleux.
M. b. Marie Deniſon.

Samedy. M. b. Guillaume Paumier.
M. b. Guillaume Dubois.
M. b. Elizabeth Foucault.
M. b. Eſtienne Sergent.

51 D I M A N C H E. M. b. Marie de Boain.
M. b. Elizabeth Foucault.
Grande Meſſe de Paroiſſe.

Lundy. M. b. Guillaume Daubray , &
M. b Geneviéve Boucot.
M. b. Geneviéve Creſſé.
M. b. Laurent Tartel.

Mardy. M. b. Eſtienne Sergent.
M. b. Alexandre de la Bliniere Preſtre.

Mercredy. M. b. Eſtienne Sergent.
M. b. Jeanne Villain.

Jeudy. M. b. Guillaume Daubray , &
M. b. Jean du Fay.
M. haute du Saint Sacrement.

Vendredy. M. b. Guillemette Aubert.
M. b. Geneviéve Boucot.
M. b. Marie Cailleux.
M. b. Marie Deniſon.

Samedy. M. b. Guillaume Paumier.
M. b. Guillaume Dubois.
M. b. Elizabeth Foucault.
M. b. Eſtienne Sergent.

52 DIMAN-

52 DIMANCHE. M. b. Marie Boaia.
M. b. Elizabeth Foucault.
Grande meſſe de Paroiſſe.

Lundy. M. b. Guillaume Daubray, &
M. b. Geneviéve Boucot.
M. b. Geneviéve Creſſé.
M. b. Laurent Tartel.

Mardy. M. b. Eſtienne Sergent.
M. b. Alexandre de la Bliniere P.

Mercredy. M. b. Eſtienne Sergent,
M. b. Jeanne Villain.

Jeudy. M. b. Guillaume Daubray, & Marguerite Mulets.
M. b. Jean du Fay.
M. haute du Saint Sacrement.

Vendredy. M. b. Guillemette Aubert.
M. b. Geneviéve Boucot.
M. b. Marie Cailleux.
M. b. Marie Deniſon.

Samedy. M. b. Guillaume Paumier Curé.
M. b. Guillaume Dubois Curé.
M. b. Elizabeth Foucault.
M. b. Eſtienne Sergent.

53 DIMANCHE. M. b. Elizabeth Foucault.
Grande Messe de Paroisse.

Lundy. M. b. Guillaume Daubray, & Marguerite Mulets.
M. b. Geneviéve Boucot, veuve René Leroy.
M. b. Geneviéve Cressé, veuve Antoine Lebossu.
M. b. Laurent Tartel.

Mardy. M. b. Estienne Sergent.

Mercredy. M. b. Estienne Sergent.

Jeudy. M. b. Guillaume Daubray, & Marguerite Mulets.
M. b. Jean du Fay.
M. haute du Saint Sacrement.

Vendredy. M. b. Geneviéve Boucot.
M. b. Marie Cailleux, veuve Porchon.

Samedy. M. b. Guillaume Paumier Curé.
M. b. Guillaume Dubois Curé.
M. b. Elizabeth Foucault.

Les Chandeliers d'argent seront mis sur l'Autel les Dimanches &
Festes, & autres jours ausquels l'on met l'Argenterie sur l'Oeuvre.

Le present ordre de l'Office Divin pour l'usage de la Paroisse
de Saint Germain le Vieil à Paris, a esté arresté & redigé par
Messire JEAN BAPTISTE CHOART, Docteur en Theo-
logie de la Faculté de Paris, Curé de ladite Paroisse, en la presence & du contentement de Messieurs les Marguilliers en Charge,
& anciens Marguilliers & Paroissiens de ladite Eglise, & encore
en presence de Messieurs ROYNETTE Grand Vicaire,
& DREUX Vicegerent de l'Officialité. A Paris le vingt-six
Aoust mil six cens quatre vingt-dix-huit.

CHOART.   DREUX. ROYNETTE.

LOUIS MARTIN. HUGUES BERNARD. RAYMOND
JESON. ANDRE' DE VAUCONSAINS. CHARLES FOUR-
MANT. CLAUDE BARBIN. ESTIENNE LEGRAS. PIERRE
BEAUPERAIN. PAUL DUPOYS. CLAUDE AMYOT.
CLAUDE PATIN. PIERRE TRABOUILLET. JEAN-
BAPTISTE JESON. CHARLES-FRANÇOIS GARNIER.
FRANÇOIS DUFOUR. HENRY CHARLIER. FRANÇOIS
PHILIPEAUX. PIERRE JOLY. NICOLAS LEGRAS. JEAN-
BAPTISTE COINTREAU. CLAUDE LEROY.
Pour Copie.

MONSIEUR LE CURÉ.

SERA payé annuellement à Monsieur le Curé par la Fabrique, suivant la Transaction faite entre luy, Messieurs les Marguilliers en charge & anciens Marguilliers, le vingt-troisiéme Aoust 1697. la somme de cinq cens vingt-trois livres pour son honoraire, retributions & assistances, à cause de la desserte de sa Cure, & pour les Fondations faites en ladite Eglise, jusqu'au jour de ladite Transaction. Suivant les dispositions des Fondateurs doit avoir le soin & direction de satisfaire aux charges de Services, Obits & autres Prieres declarées dans le present Martyrologe, ou aux Services complets se doivent dire trois hautes Messes, la premiere du S. Esprit, la seconde de la Sainte Vierge, & la troisiéme des Trépassez ; la veille les Vigiles à neuf Pseaumes & neuf Leçons, suivant l'Ordonnance de Monseigneur l'Archevesque de Paris du 8. Octobre 1677. & de les faire dire & celebrer aux jours marquez quand il n'y a point d'empeschement, & lors qu'il s'en rencontrera les remettre au plus prochain jour non occupé : comme aussi aux Saluts du Saint Sacrement lors qu'il s'en rencontrera d'eux en un mesme jour, il en sera remis un au Dimanche ou Jeudy du mesme mois qu'il n'y en aura pas de fondé : Outre laquelle somme de cinq cens vingt-trois livres luy sera payé manuellement pour les Fondations suivantes les sommes cy-aprés mentionnées.

Sçavoir, Pour le Salut d'Estienne le Gras, . 10 sols.

Pour le Salut d'Estiennette Leduc veuve Boival, . 12 sols.

Pour le Salut de Marie Bonnet & Jeanne Caillau, . 12 sols.

Pour le Salut d'Agnés de Vaucousains, . 12 sols.

Pour les trois Obits d'Antoine Tixier & de Catherine Arillier, à chacun Obit   .   .   . 60 sols.

Monsieur le Curé assiste les Dimanches & Festes de l'année à tout le Service divin & aux Saluts, & prend soin que le Service soit celebré avec devotion, pour la gloire de Dieu & l'édification des Paroissiens.

Annonce, ou fait annoncer les Dimanches à son Prône les Obits, Messes hautes de *Requiem*, Processions, Saluts & autres dévotions qui arriveront pendant la semaine, suivant le memoire qui luy est presenté par le Clerc de l'Oeuvre.

Acquitte les Messes de tous les Dimanches & Festes de l'année qui sont au nombre de   .   .   .   .   .   95.

Quarante-deux Obits, à trois Messes hautes à chacun Obit, 126.
Un Obit d'une seule Messe haute le jour des Morts, pour
Elizabeth Foucault, 1.
Deux Messes basses pour Elizabeth Foucault, 2.
Une Messe haute de *Requiem*, pour Louis Pocquelin &
Marie Lempereur sa femme, 1.
Un Obit d'une seule Messe haute pour Amable, & Jean-
Baptiste de Cressé, 1.
Deux Messes hautes de *Requiem*, pour Elizabeth Pijeart, 2.
Un Obit d'une seule Messe haute pour Pierre Cossé, 1.
Vingt-quatre Messes mentionnées en la Transaction faite
entre luy, Messieurs les Marguilliers en charge & anciens
Marguilliers, le 23e. Aoust 1697. 24.
Les douze Messes hautes de *Requiem*, pour Guillaume
Choart, les premiers Lundis des mois, 12.
Et pour remplir tous les jours de l'année audit sieur Curé, il pren-
dra cent Messes à la Sacristie qu'il acquittera à la décharge de la Fa-
brique, pour lesquelles cent Messes luy sera payé un honoraire de
vingt sols pour chaque Messe haute, & quinze sols pour chaque
Messe basse.

MONSIEUR LE VICAIRE.

Il sera payé à Monsieur le Vicaire par chacune année la somme
de soixante livres pour toutes retributions de Service, Fondations
& assistances en ladite Eglise.

Ledit sieur Vicaire acquittera à la décharge de la Fabrique pendant le cours de l'année cent soixante-huit Messes, desquelles il sera
payé à raison de treize sols pour chaque Messe, à la charge qu'il les
déchargera sur le Livre de la Sacristie chaque fois qu'il celebrera,
lesquelles montent à cent neuf livres quatre sols, & celle de soixante
livres pour ses honoraires, qui font ensemble .... 169 liv. 4 s.

A l'égard du logement que ledit sieur Vicaire occupe, Messieurs
les Marguilliers luy laissent la joüissance tant qu'il leur plaira.

CHORISTES ou CHAPIERS.

La Fabrique se sert pour celebrer le Service divin de deux Cho-
ristes ou Chapiers, à chacun desquels sera payé pour son assistance
à tout ce qui luy sera marqué suivant la nouvelle reduction & le nouveau Martyrologe, la somme de 130 l. & son logement, & celle de
237 l. 5 s. pour acquitter une Messe tous les jours de l'année à la décharge de la Fabrique, qu'il sera obligé de décharger sur le Livre de la
Sacristie chaque jour qu'il celebrera, à faute de quoy il sera frustré de
la retribution de chaque Messe qu'il n'aura pas déchargé.

La retribution de chaque Choriste ou Chapier 367 liv. 5 s.

DIACRE

DIACRE & SOVS-DIACRE.

La Fabrique payera au Diacre & Sous-Diacre à chacun la somme de trente-six livres & son logement, pour servir à toutes les Messes hautes des Dimanches & Festes de l'année, tous les Obits, grandes Messes de Fondations & du saint Sacrement ; & acquitteront à la décharge de la Fabrique chacun cent soixante-quatre Messes dont ils seront payées de 13 sols pour chaque Messe qu'ils celebreront, & qu'ils seront obligez de décharger sur le Livre de la Sacristie, lesquelles sommes font à chacun celle de . . . 142 liv. 12 s.

Les Messes de Loüis Camuset font reduites par le present Martyrologe au nombre de vingt-six, lesquelles se doivent dire les premiers & Troisiémes Dimanches des mois : Pour la retribution de chaque Messe sera payé au Celebrant vingt-sols, à la charge qu'avant de commencer la Messe, il dira à haute voix les Prieres & ceremonies accoûtumées de l'Eau benie, laquelle faite en fera l'aspersion par toute ladite Chapelle & autour d'icelle seulement, estant suivy d'un Bedeau, qui portera le vaisseau où sera ladite Eau benie, après quoy le Prestre revenu à l'Autel, se retournera vers le peuple & assistans ausquels il exposera en françois l'Oraison Dominicale, le Symbole des Apostres, les Commandemens de Dieu & de l'Eglise, & une Exhortation sur l'Epistre & l'Evangile du jour pour l'edification des assistans ; Et en cas que ledit Celebrant ne s'acquitte pas de ce qui est marqué cy-dessus, luy sera seulement payé treize sols. Laquelle susdite Messe se celebrera en Esté à six heures du matin, & l'Hyver à sept heures.

CLERC DE L'OEVVRE.

Le Clerc de l'Oeuvre veillera à l'execution de toutes les Fondations faites en ladite Eglise. Il luy sera payé annuellement la somme de cent cinquante livres pour ses gages, & celle de deux cens trente-sept livres cinq sols pour l'acquit de trois cens soixante-cinq Messes, qu'il déchargera sur le Livre qu'il tiendra dans la Sacristie ; lesdites deux sommes ensemble font celle de trois cens quatre-vingt-sept livres cinq sols. . . . . . . 387 liv. 5 s.

Sera obligé de celebrer tous les jours ouvriers de l'année la premiere Messe, sçavoir depuis Pâques jusqu'à la saint Remy à six heures précises, & depuis la saint Remy jusqu'à Pâques à sept heures.

Sera tenu de mettre à la fin de chaque mois entre les mains du second Marguillier un memoire des Convois, Enterremens, Services & Mariages qui auront esté faits pendant ledit mois.

Sera tenu de mettre tous les Dimanches matin entre les mains de Mr le Curé un memoire des Services, Fondations, Processions & autres devotions qui arriveront pendant la semaine pour estre publiées au Prône, ainsi qu'il est porté par le Martyrologe de ladite Eglise.

Sera tenu de trois mois en trois mois de délivrer au second Marguillier tous les deniers qu'il aura receus appartenans à la Fabrique.

Tiendra Registre de sa recette & de ses payemens, sur lequel le second Marguillier mettra ses receus. Toutes les distributions manuelles en argent & cire seront faites aux Ecclesiastiques par les mains du Clerc de l'Oeuvre, suivant qu'il est marqué par les Fondations.

S'acquittera avec fidelité & exactitude de toutes les fonctions de sa charge, fera en sorte que les Ornemens soient tenus proprement & serrez dans les armoires lors qu'ils ne serviront pas, & s'il se trouve qu'il y ait quelque chose à racommoder en avertira le second Marguillier.

Ne poura prêter aucun Ornement, ou Argenterie, sous quelque pretexte que ce soit, sans la permission par écrit de Messieurs les Marguilliers en charge.

Aura soin de parer les Autels des Ornemens convenables au jour, & après le Service de les resserrer.

Sera tenu de recevoir les deniers pour les Ornemens, ouverture de terre, & autres droits dûs à la Fabrique ; & en cas de refus de payement, d'en avertir Messieurs les Marguilliers en charge un mois après les Services pour faire les diligences, sinon en demeurera responsable en son propre & privé nom.

Exprimera en son memoire les noms, sur-noms, qualitez & demeures de ceux qui auront esté enterrez, quels Poils, quels Paremens & Argenterie auront esté fournis.

Sera tenu d'observer si les Obits & Messes de Fondations sont celebrez suivant les jours marquez par le Martyrologe de l'Eglise, en cas d'inexecution desdites Fondations d'en donner un memoire à Messieurs les Marguilliers en charge.

Sera tenu de fournir tout ce qui sera necessaire pour la celebration des Messes, que le Vin soit frais tiré & rouge autant que faire se poura, & l'eau claire.

Sera tenu de porter la Croix aux Processions au défaut d'un Tonsuré.

Sera tenu de preparer les Chapes & Ornemens à Monsieur le Curé ou à son Vicaire lors qu'ils feront l'Office.

Sera tenu de preparer l'Encens & le feu dans l'Encensoir.

Sera tenu d'allumer & éteindre les Cierges du Grand Autel, au commencement & à la fin du Service.

Sera tenu de parer l'Autel & la Table de la Communion dans les Charniers aux jours marquez dans le Martyrologe.

Sera tenu de se revêtir d'un Surplis & Etolle pour porter & reporter les reliques qu'on expose sur la Table de l'Oeuvre.

Sera tenu que la Lampe qui est dans le Chœur, devant le S. Sacrement, soit allumée nuit & jour, & non ailleurs, & prendra garde avant qu'il se couche si elle n'est pas éteinte, & en ce cas de la rallumer, & aussi tous les huit jours de faire laver le cristal de ladite Lampe.

Sera tenu de conduire & reconduire les Predicateurs lors qu'ils iront & sortiront de Chaire.

Sera tenu lors qu'il y aura Procession hors de la Paroisse, d'en donner avis le jour precedent aux Eglises où on doit aller en Procession, les prier de l'avoir agreable.

Sera tenu d'aller tous les Samedis chez le troisiéme Marguillier porter le linge qui aura servi à la Sacristie, pour en prendre de blanc.

Et afin qu'il y ait un ordre qui soit ponctuellement executé, sera tenu un Registre dans la Sacristie, dont les feüillets seront paraphez par premiere & derniere page par le premier Marguillier, dans lequel ledit Clerc de l'Oeuvre écrira toutes les Messes de dévotion, & les fera décharger par ceux qui les celebreront, pour lesquelles Messes il ne recevra pas moins de quinze sols, dont il donnera treize sols au Celebrant pour son honoraire, & retiendra deux sols pour la Fabrique.

Seront tenus Messieurs les Ecclesiastiques ausquels les particuliers donneront à acquitter lesdites Messes de les faire écrire sur le Registre, & payer la retribution de deux sols pour indemniser la Fabrique des Ornemens, pain, vin & luminaires qu'elle est obligée de fournir pour la celebration desdites Messes.

Outre le Registre susdit, il en sera tenu un autre paraphé comme le premier, dans lequel seront écrits tous Obits & Messes de Fondations qui doivent estre acquittées par Mr le Curé & Ecclesiastiques gagez de la Fabrique, lesquels seront obligez de décharger lesdites Fondations aprés la celebration desdites Messes; & lors qu'ils manqueront de le faire seront privez de leurs retributions, qui tourneront au profit de la Fabrique.

Ne sera dit aucun annuel en ladite Eglise sans la permission de Mr le Curé & de Messieurs les Marguilliers en charge, lequel sera écrit sur le Registre des Messes de dévotion, pour lequel sera au moins payé comptant à la Fabrique la somme de vingt-quatre livres pour les Ornemens, pain, vin & luminaires, non compris la retribution de l'Ecclesiastique.

Sera tenu tous les Samedis avant Vespres, de mettre une feüille dans la Sacristie, où toutes les Fondations & Service de la semaine suivante seront écrits.

Aura soin de fermer le Chœur lors que le Service sera finy.

Aura soin d'apporter tous les Dimanches le nombre des Messes qui auront esté celebrées la semaine precedente.

ENFANTS DE CHOEUR.

Les deux Enfans de Chœur seront choisis d'entre les plus pauvres enfans de la Paroisse, autant que faire se poura, qui soient nez en legitime mariage & de gens de bien.

Seront instruits par les soins de Messieurs les Marguilliers en la maniere accoutumée, & sera payé à leur Maistre la somme de trente-six livres, à chacun desquels sera donné vingt-cinq livres par chacune année, & à la fin des six années de leurs services à chacun soixante livres de recompense, leur sera fourny à chacun par la Fabrique une robe & un camail tous les trois ans, un bonnet carré & une paire de souliers chacune année la veille de Pâques.

Aprés le Service ne se serviront pas de la robe, du camail & bonnet carré; lesquels Enfans seront obligez d'assister exactement avec devotion à tout le Service, obéïront à tout ce qui leur sera commandé par Monsieur le Curé, Monsieur le Vicaire & leur Maistre pour le service de l'Eglise, & porteront le fallot lors qu'on ira pour administrer le saint Sacrement aux malades.

Seront tenus de chanter à dix heures du matin dans la Nef, les cinq premiers Vendredis des cinq premieres semaines de Caresme, l'Hymne *Vexilla Regis*, fondée par Claude Duchemin.

LES BEDEAUX.

Il sera payé aux deux Bedeaux à chacun la somme de soixante-quinze livres par chacune année pour tous gages & retributions au moyen de quoy seront obligez de faire ballayer, nettoyer, recurer & faire porter la Banniere.

Les jours de Festes annuelles & solemnelles où il y aura Matines, sonneront les Cloches, premier coup, deux, trois & quatre, sonneront l'Eau benie de la Messe de six heures les Dimanches qu'elle se celebrera, à laquelle Messe l'un des deux assistera en Robe, portera le Benistier, & l'autre tintera pendant le temps de l'Eau benie, sonneront une volée de quatre moyennes Cloches tous les Dimanches immediatement avant la Procession, Sermon, Vespres, & Salut.

Sonneront la veille d'un Obit à huit heures du soir aprés l'*Angelus*, une volée des quatre moyennes Cloches, & le jour de l'Obit

pareillement

pareillement avant la Meſſe & à l'Offerte.

Auront ſoin avant que la Meſſe de l'Obit commence de preparer la repreſentation, le cierge & offrande.

Sonneront l'*Angelus* le matin à ſix heures, & le ſoir à huit heures pendant toute l'année, excepté les jours de jeûnes où il ſera ſonné à ſept heures.

Sonneront au premier coup de tonnerre toutes les Cloches, juſqu'à ce que l'orage ſoit ceſſé.

Ne pouront demander aucuns droits à la Fabrique pour la ſonnerie lors qu'il y aura des Enterremens.

Fourniront d'eau & de ſel pour l'Eau benie, la metteront aux Beniſtiers aux heures accoûtumées, ſeront tenus de les laver & nettoyer tous les Samedis, allumeront & éteigneront les cierges des Autels, de l'Oeuvre & du Candelabre.

Seront tenus de tendre & détendre les Tapiſſeries de ladite Egliſe dans les temps preſcripts, d'houſſer & nettoyer les Autels, baluſtres, ſieges du Chœur, de l'Oeuvre & du Jubé, les dedans de l'Egliſe, Charniers & Chapelles les veilles des Dimanches & Feſtes.

Nettoyeront la voûte de l'Egliſe le Lundy de la Semaine Sainte.

Feront recurer l'Aigle, le baluſtre du Grand Autel, la Lampe, Chandeliers & autres vaiſſelles de cuivre tous les mois, ainſi que les baſſins, buirettes & autres uſtanciles d'étain.

Seront obligez de parer la Chaire du Predicateur, lequel Predicateur ſera conduit & reconduit par l'un des Bedeaux, qui ſe tiendra en la chambre, prendra ſoin de lui faire du feu, lui porter le bois, lui ſervir proprement la collation à lui rendre le ſervice dû.

L'un d'eux conduira Monſieur le Curé & le reconduira.

Tiendra du feu preparé pour mettre dans l'Encenſoir quand il ſera beſoin.

Se tiendront dans l'Egliſe proche de l'Oeuvre pendant le Service pour recevoir & executer les ordres de Meſſieurs les Marguilliers.

L'un d'eux conduira les Dames qui feront la Queſte.

Donneront à Meſſieurs les Marguilliers tous les jours qu'il y aura Pain benit les noms & qualitez de ceux qui les rendront, & les advertiront des refuſants de les rendre.

Les deux Bedeaux diſtriburont dans les corbeilles le Pain benit dans toute l'Egliſe aux aſſiſtans en petits morceaux ſans affectation, & ne donneront aucune part dudit Pain benit, ſinon au Clergé, & aux Marguilliers; ſera porté des parts de Pain benit par l'un deſdits Bedeaux à Meſſieurs les Marguilliers & Anciens, Veuves de Marguilliers, & autres Paroiſſiens qui leur ſeront indiquez par leſdits Marguilliers.

H h

Seront obligez à la fin de chacun mois de donner au second Marguillier un memoire des Enterremens, Convois & Services qui auront esté faits pendant ledit mois, lequel contiendra les noms, qualitez & demeures des personnes decedées.

Seront obligez de porter le Daiz lors qu'on administrera le Saint Sacrement aux malades.

Ne feront aucune fosse dans l'Eglise sans la permission de Messieurs les Marguilliers en charge, & lors qu'ils la refermeront ils prendront garde que se soit proprement & sans gâter l'aire de l'Eglise.

Seront obligez d'aller avertir en Robe Messieurs les Marguilliers & Anciens lors qu'il y aura assemblée, & generalement feront tout ce qui leur sera commandé par Messieurs les Marguilliers pour le service de la Paroisse ; & lors qu'il arrivera entr'eux quelque different pour la fonction de leurs charges, seront tenus de s'en rapporter à ce qui sera decidé par Messieurs les Marguilliers.

Seront obligez de rapporter l'Argenterie lors qu'il y aura transport de corps au Cimetieres des Saints Innocens, ou en quelqu'autre Eglise.

CARILLONNEUR.

Il y aura Carillon la veille des Festes Solemnelles, sçavoir la Circoncision, l'Epiphanie, la Purification, l'Annociation, Pâques, Ascension, Pentecoste, Saint Germain Patron, la Trinité, la Feste du Saint Sacrement & le jour de l'Octave, la Nativité de Saint Jean-Baptiste, la Translation de Saint Germain, l'Assomption, la Nativité de la Vierge, la Toussaints, la Conception de Nostre-Dame, la Nativité de Nostre Seigneur, Saint Jean l'Evangeliste, les premiers Dimanches des mois, les jours où il y aura Messe & Salut du Saint Sacrement, la veille & le jour de la Quinquagesime, Lundy & Mardy suivant, & les jours où il sera ordonné des Prieres de Quarante-Heures, la veille & le jour de la Reduction de Paris. La veille des Festes solemnelles il commencera à carillonner le matin un quart d'heure avant midy, & le soir un quart d'heure avant huit heures, & luy sera payé pour ses gages la somme de trente-six livres.

ORGANISTE.

L'Organiste aura pour ses gages la somme de cent vingt livres, surquoy il sera obligé d'entretenir l'Orgue, payer le Facteur & Souffleur, & le toucher les jours qui luy seront marquez.

Droits des Convois, Enterremens, Services & Bouts de l'An.

SERA payé au Clerc de l'Oeuvre pour les Droits de la Fabrique, ce qui enfuit.

Pour les beaux Paremens de velours noirs à larmes d'argent
& groffe Sonnerie ; . . . . 30 l.
Pour le beau Poil de velours noirs à larmes d'argent . 6 l.
Pour les mediocres Paremens noirs & moyenne Sonnerie 12 l.
Pour le Poil de velours noirs commun . . 3 l.
Pour les beaux Paremens blancs & groffe Sonnerie, . . 30 l.
Pour le beau Poil blanc. . . . . 6 l.
Pour les mediocres Paremens blancs & moyenne Sonnerie 12 l.
Pour le Poil blanc commun . . . 3 l.
Pour l'ouverture de terre dans le Chœur . 30 l.
Pour l'ouverture de terre dans l'Eglife . 20 l.
Pour l'ouverture de terre pour les Enfans dans le Chœur . 15 l.
Pour l'ouverture de terre pour les Enfans dans l'Eglife . 6 l.

ARGENTERIE

Sera payé au Clerc de l'Oeuvre pour la Croix de vermeil doré, Benîtier & huit Chandeliers d'argent appartenans à la Fabrique . . . . . . 5 l.

Et pour l'argenterie de dehors, fera payé au profit du Clerc de l'Oeuvre dix fols de chacune piece.

Pour les Convois & Enterremens où il n'y aura ni paremens ni fonnerie, le Clerc de l'Oeuvre aura foin de faire payer au profit de la Fabrique dix fols de chacune piece d'argenterie à ceux qui en demanderont, dont il demeurera refponfable en fon propre & privé nom, & nul autre ne s'ingerera de fournir aucune Argenterie ni Ornemens : Et pour ceux qui fouhaiteront des Paremens aux Autels pour les Services, Enterremens ou Meffes, fera payé vingt fols pour chacun Parement au profit de la Fabrique.

Sera payé pour les peines du Clerc de l'Oeuvre trois livres, & pour les Bouts de l'An ou Services, fera payé la moitié de ce qui fe paye aux Enterremens ; & pour les Paremens extraordinaires à chacune Chapelle, fera payé au profit du Clerc de l'Oeuvre pour fes peines cinq fols, par les perfonnes qui en demanderont.

FOSSOYEUR.

Pour la Foffe, Defcente du Corps, Ports d'Efcabelle, Reception du Corps, Rétabliffement de la Foffe, peine des Maffons, & generalement tout ce qui dépend du Foffoyeur, dont il ne fera fait qu'un feul Article.

Pour de grandes perſonnes, depuis quatre juſques à ſix pieds, ... 4 l. 10 ſ.
Pour un Enfant, ... 2 l.
Pour les perſonnes enterrées hors de la Paroiſſe . 2 l. 5 ſ.

BIERRES.

Pour la Bierre en Doſme, ... 5 l.
Pour la Bierre de quatre juſqu'à ſix pieds, . . 4 l.
Pour celle au deſſous de quatre pieds . . . 2 l.
Pour celle des petits Enfans, ... 1 l. 10 ſ.

Ne pourra ledit Foſſoyeur demander aucun Droit pour le Port des Poils, Croix, Benîtier, Chandelier, Deſcente de Corps dans le logis & dans l'Egliſe, Ports d'Eſcabelle, & autres ſortes de Droits, comme eſtant tous compris dans les Droits cy-deſſus reglez pour les Foſſes & Bierres.

Ledit Foſſoyeur ne pourra demander ni recevoir ſous quelque prétexte que ce ſoit plus grande ſomme que celle cy-deſſus declarée au prealable: Seront leſdits Memoires viſez par Monſieur le ſecond Marguillier avant d'en demander le payement; & en cas de contravention, il payera pour la premiere fois le quatruple de ce qu'il aura exigé au profit des Pauvres de la Paroiſſe, & à la ſeconde fois ſera privé de ſa Charge & Fonction par Meſſieurs les Marguilliers en Charge.

DROITS POUR LES MARIAGES.

Il ſera payé par les Perſonnes, qui ſe marieront, qui ſouhaiteront avoir les beaux Paremens blancs, la ſomme de quatre livres.
Et pour chacune piece d'Argenterie, dix ſols.
Pour les mediocres Paremens blancs quarante ſols.
Leſquelles ſommes ſeront payées au Clerc de l'Oeuvre, qui en demeurera garant au profit de la Fabrique, lequel aura ſoin de faire payer aux Mariez avant de ſortir de l'Egliſe.
Il ſera de plus payé pour les peines du Clerc de l'Oeuvre 10 ſ.
FAIT ET ARRESTÉ en la Salle Preſbyterale, le 21e Novembre mil ſix cens quatre-vingt-dix-huit. Et ont ſigné,

LOUIS MARTIN. HUGUES BERNARD. RAYMOND JESON. ANDRE DE VAUCONSAINS. CHARLES FOURMANT. CLAUDE BARBIN. ESTIENNE LEGRAS. PIERRE BEAUPERAIN. PAUL DUPOYS. CLAUDE AMYOT. CLAUDE PATIN. PIERRE TRABOUILLET. JEAN-BAPTISTE JESON. CHARLES-FRANÇOIS GARNIER. FRANÇOIS DUFOUR. HENRY CHARLIER. FRANÇOIS PHILIPEAUX. PIERRE JOLY. NICOLAS LEGRAS. JEAN-BAPTISTE COINTREAU. CLAUDE LEROY.

OBITS

OBITS ET HAUTES MESSES
de Requiem, *qui se celebrent pendant l'année dans l'Eglise de S. Germain le Vieil en la Cité de Paris.*

PROPRE DU TEMPS.

LE Vendredy des Quatre-Temps de l'Advent un grand Obit à trois Messes hautes ; la premiere du Saint Esprit, la seconde de la Sainte Vierge, la troisiéme des Trepassez. La veille Vigiles pour Noël de Heres.

Le Mercredy de la Pentecoste ; un grand Obit à trois hautes Messes ; la premiere du Saint Esprit, la seconde de la Sainte Vierge, la troisiéme des Trépassez, precedé des Vigiles, pour Toussaint Brunival.

Fin du Propre du Temps.

JANVIER.

LE cinquiéme Janvier. Un grand Obit à trois hautes Messes la premiere du S. Esprit, la seconde de la Sainte Vierge, la la troisiéme des Trépassez, à la fin de laquelle distribution à 30. Pauvres un sol chacun. La veille Vigiles à neuf leçons pour Guillaume Frezon, & Marie Hachette.

Le huit. Un grand Obit à trois hautes Messes ; la premiere du S. Esprit, la seconde de la Sainte Vierge, la troisiéme des Trépassez, la veille Vigiles à neuf leçons pour Guillaume Daubray.

Le treize. Un grand Obit à trois hautes Messes, la premiere du S. Esprit, la seconde de la Sainte Vierge, la troisiéme des Trépassez, la veille Vigilles à neuf Leçons, pour Elizabeth Foucault.

Le quinze. Un grand Obit à trois hautes Messes, la premiere du S. Esprit, la seconde de la Sainte Vierge, la troisiéme des Trépassez, & quatre livres d'aumône au Pauvres, la veille Vigiles à neuf Leçons, pour René Veron Prestre.

Le vingt-un. Un grand Obit à trois hautes Messes, la premiere du S. Esprit, la seconde de la Sainte Vierge, la troisiéme des Trépassez, la veille Vigiles à neuf Leçons, pour Gabrielle Choart.

Le vingt-trois. Un grand Obit à trois hautes Meſſes, la premiere du S. Eſprit, la ſeconde de la Sainte Vierge, la troiſiéme des Trepaſſez, la veille Vigiles à neuf Leçons, pour Jeanne de Heres.

Le ving.-ſix. Un grand Obit à trois hautes Meſſes, la premiere du S. Eſprit, la ſeconde de la Sainte Vierge, la troiſiéme des Tre-paſſez, la veille Vigiles à neuf Leçons, pour Nicolle Lelorrain.

FEVRIER.

Le quatre. Un grand Obit à trois hautes Meſſes, à la derniere diſtribution à vingt-quatre Pauvres chacun un ſols. La veille Vigiles à neuf Leçons, pour Elizabeth Brouteſauge.

MARS.

Le ſept. Un grand Obit à trois hautes Meſſes. La veille Vigiles à neuf Leçons, pour Simon Bouquet.

Le quinze. Un grand Obit à trois hautes Meſſes. La veille Vigiles, pour Jacques Heſdelin, & Magdeleine Bouvot ſa femme.

Le vingt-un. Un Obit d'une ſeule Meſſe haute de *Requiem.* La veille Vigiles à trois Leçons, pour Amable & Jean-Baptiſte de Creſſé.

Le vingt-ſix. Un grand Obit à trois hautes Meſſes. La veille Vigiles à neuf Leçons pour Jeanne Leprieur, veuve de Jean Liberge.

AVRIL.

Le premier. Un grand Obit à trois hautes Meſſes, à la derniere à cinq Pauvres chacun deux ſols. La veille Vigiles, pour Fran-çois Portebedin.

MAY.

Le vingt. Un grand Obit à trois hautes Meſſes, à la derniere diſtribution à douze Pauvres un ſol chacun. La veille Vigiles, pour François Frezon.

Le vingt-quatre. Un grand Obit à trois hautes Meſſes. La veille Vigiles pour Antoine Lamy, & Claude Gehenault.

JUIN.

Le ſix un grand Obit à trois hautes Meſſes, ſept Cierges de

quatre onces piece, une Herfe d'une livre, le tout de cire blanche, un pain de trois fols, une pinte de vin de fix fols à l'Offrande. La veille Vigiles pour François Gilles.

Le dix. Un grand Obit à trois hautes Meffes. La veille Vigiles à neuf Leçons, pour Marguerite Mulets femme de Guillaume Daubray.

Le dix-fept. Un grand Obit à trois hautes Meffes. La veille Vigiles à neuf Leçons, pour Geneviéve Goujon veuve d'Antoine Boinard.

Le vingt-trois. Un grand Obit à trois hautes Meffes. La veille Vigiles comme le fix Juin pour François Gilles.

Le trente. Un grand Obit à trois hautes Meffes. La veille Vigiles, pour Jean Lemaire.

JUILLET.

Le premier. Un grand Obit à trois hautes Meffes. La veille Vigiles, pour Geneviéve Boucot, veuve de René Leroy.

Le huit. Un grand Obit à trois hautes Meffes. La veille Vigiles à neuf Leçons pour Guillaume Daubray.

Le quinze. Un grand Obit à trois hautes Meffes, & quatre livres d'aumône aux Pauvres. La veille Vigiles à neuf Leçons, pour René Veron Preftre.

Le vingt-neuf. Un grand Obit à trois hautes Meffes. La veille Vigiles à neuf Leçons, pour Nicolle Jourdain.

AOUST.

Le premier. Un Obit pour Loüis Pocquelin, & Marie Lempereur fa femme : la feule Meffe de *Requiem* haute, celle du S. Efprit & de la Sainte Vierge baffe payée par la Fabrique. Diftribution à vingt Pauvres cinq fols chacun, & une bougie pour venir à l'Offrande. La Fondation finira en 1734.

Le vingt-fept. Un grand Obit à trois hautes Meffes. La veille Vigiles pour Jean & Pierre Noirat.

SEPTEMBRE.

Le premier. Un grand Obit à trois hautes Meffes. La veille Vigiles, pour Pierre Richevillain.

Le dix-huit. Un grand Obit à trois hautes Meffes. La veille

Vigiles à neuf Leçons, pour Claude Leroy, veuve de Nicolas Coûture, femme de Georges Couftard.

Le vingt. Un grand Obit comme le fix Juin, pour François Gilles.

Le vingt-cinq. Un grand Obit à trois hautes Meffes. La veille Vigiles pour Jeanne Leprieur.

OCTOBRE.

Le trois. Un grand Obit à trois hautes Meffes. La veille Vigiles, pour Michelle Guibelot.

Le cinq. Un grand Obit à trois hautes Meffes. La veille Vigiles pour François Rioland Preftre Curé.

Le dix. Un grand Obit à trois hautes Meffes. La veille Vigiles comme le fix Juin, pour François Gilles.

Le feize. Un grand Obit à trois hautes Meffes. La veille Vigiles, pour Catherine Dupont, veuve d'Eftienne Collet.

Le trente. Un Obit d'une feule haute Meffe de *Requiem.* La veille Vigiles à neuf Leçons, pour Pierre Coffé.

NOVEMBRE.

Le deux. Un Obit d'une feule Meffe haute, & deux baffes à la décharge de Monfieur le Curé. La veille Vigiles à neuf Leçons, pour Elizabeth Foucault.

Une Meffe haute de *Requiem,* pour Elizabeth Pijeart, fans aucune retribution de Luminaire ny d'Offrande à Monfieur le Curé.

Le quatre. Un grand Obit à trois hautes Meffes. La veille Vigiles à neuf Leçons, pour Touffaint de Brunival & Françoife Dupont.

Le dix. Un grand Obit à trois hautes Meffes. La veille Vigiles à neuf Leçons pour Antoine Tixier, pour lequel Obit fera payé à Monfieur le Curé feulement cinquant-quatre fols, & fix fols à l'Offrande.

Le dix-huit. Un grand Obit à trois hautes Meffes. La veille Vigiles pour Jacques Choart.

Le vingt. Une Meffe haute de *Requiem,* pour Elizabeth Pijeart, fans aucune retribution de Luminaire, ny d'Offrande à Monfieur le Curé.

Le vingt-fix. Un grand Obit à trois hautes Meffes. La veille Vigiles à neuf Leçons pour Catherine Arillier, pour lequel Obit fera payé à Monfieur le Curé feulement cinquante-quatre fols, & fix fols à l'Offrande.

Decembre

DECEMBRE.

Le dix. Un grand Obit à trois hautes Messes, la veille Vigiles à neuf Leçons, pour Marguerite Mulets, femme de Guillaume Daubray.

Un grand Obit à trois hautes Messes. La veille Vigiles à neuf Leçons pour Catherine Arillier, pour lequel Obit sera payé à Monsieur le Curé seulement cinquante-quatre sols, & six sols à l'Offrande.

Le vingt-trois. Un grand Obit à trois hautes Messes. La veille Vigiles pour Marie de Heres.

Le trente-un. Un grand Obit à trois hautes Messes. La veille Vigiles pour Nicolle de Heres.

Une Messe haute de *Requiem* tous les premiers Lundis du mois pour Guillaume Choart, sans Luminaire & Offrande à Monsieur le Curé.

Saluts solemnelles, qui se disent dans l'Eglise de Saint Germain le Vieil en la Cité de Paris, & les Noms des Fondateurs.

PROPRE DU TEMPS.

NOEL. Salut, Exposition & Vespres du S. Sacrement, fondé par Edme de Lancluse, & Barbe-Marie Renoul sa femme.

Saint Jean l'Evangeliste. Salut pour Edme de Lancluse, *&c.* comme le Jour de Noël.

La Circoncision. Salut & Vespres, & l'Hymne du Jour, à la fin *Miserere*, *Deprofundis* pour Jacques Lelarge Prestre.

Sainte Geneviéve. Salut, Exposition du Saint Sacrement, où se chantera, *Ave verum Corpus natum* : ensuite *Deus in adjutorium*, les Pseaumes, l'Hymne & le Cantique *Nunc dimittis* de Complies & l'Oraison ; après quoy se chantera l'Hymne du Saint Sacrement *Sacris solemniis*. ℣. & Oraison du S. Sacrement, & une autre Oraison pour le Bienfaiteur, & à la Benediction se chantera *O Salutaris*, pour Estienne Legras sa vie durant.

L'Epiphanie. Salut & Vespres du Jour, à la fin *Miserere*, *Deprofundis*, pour Jacques Lelarge Prestre.

Le Dimanche de la Quinquagefime. Salut du S. Sacrement à fonder.

Lundy de la Quinquagefime. Salut du S. Sacrement pour Jean Guerrier & Charlotte le Vaffeur.

Mardy de la Quinquagefime. Salut du Saint Sacrement à fonder.

Le Dimanche des Ramerux. Salut pour Claude Rouffelet, qui commencera ainfi. Un Diacre chantera comme Leçon de Matines, *Lectio Evangelii fecundum Matheum. In illo tempore cum appropinquaffet*, jufques à la fin dudit Evangile : *Tu autem Domine*, Refpons, *Deo gratias*. Enfuite *Deus in Adjutorium. Occurerunt turbæ dixit Dominus. Laudate Dominum omnes gentes, exultabote Deus meus Rex, Laudate Dominum quoniam bonus eft. In exitu. Vexilla. Magnificat*, Oraifon du jour.

Le Dimanche de la Refurrection. Salut. Vefpres du Jour. *O Filii & Filiæ*, ancienne Devotion.

Lundy de Pâques. Salut, Expofition & Vefpres du Saint Sacrement pour Nicolle le Duc veuve Loüis Boival douze fols de diftribution à Monfieur le Curé feulement.

L'Afcenfion de Nôtre Seigneur. Salut, Expofition & Vefpres du S. Sacrement pour Edme de Lanclufe &

Le Dimanche de la Pentecofte. Salut fondé par Claude le Roy, Vefpres du jour, à la fin le *Libera*, *De profundis* & Oraifons.

Le Dimanche de la Sainte Trinité. Salut. Vefpres du jour comme au jour de la Circoncifion, pour Jacques le Large Preftre.

Le Jeudy de la Fefte du S. Sacrement & tous les jours de l'Octave. Salut à cinq heures.

Fin du propre du Temps.

JANVIER.

PRemier Dimanche. Salut, Expofition & Vefpres du S. Sacrement, fondé par Catherine Baudu.

Premier Jeudy. Salut, Expofition & Vefpres du S. Sacrement fondé par Guillaume Frezon.

Second Dimanche. Salut, Expofition & Vefpres du S. Sacrement fondé par Jean-Baptifte Mathieu, & Barbe Renoul fa femme.

Second Jeudy. Salut, Expofition & Vefpres du S. Sacrement fondé par Guillaume d'Aubray & Marguerite Mulets fa femme.

Troifiéme Dimanche. Salut, Expofition & Vefpres du S. Sacrement fondé par Jacques le Large Preftre.

Troisiéme Jeudy. Salut, Exposition & Vespres du S. Sacrement fondé par Marie le Maire, veuve François Jacques.

Quatriéme Dimanche. Salut, Exposition & Vespres du S. Sacrement fondé par Jacques le Large Prestre.

Quatriéme Jeudy. Salut, Exposition & Vespres du S. Sacrement fondé par Estiennette Verité, veuve Claude Chaudun.

11e. Jour de Sainte Agnes. Salut, Exposition & Vespres du S. Sacrement fondé par Agnes de Vauconsains, douze sols de distrition à Mr le Curé seulement.

FE'VRIER.

La Purification de Nostre-Dame. Salut, Exposition & Vespres du S. Sacrement fondé par Jeanne Legé, veuve d'Augustin Courbé.

Premier Dimanche. Salut, Exposition & Vespres du Saint Sacrement du fonds de Guillaume Daubray, & Marguerite Mulets sa femme.

Premier Jeudy. Salut, Exposition & Vespres du S. Sacrement fondé par Guillaume Frezon.

Second Dimanche. Salut, Exposition & Vespres du S. Sacrement fondé par Jean-Baptiste Mathieu.

Second Jeudy. Salut, Exposition & Vespres du S. Sacrement fondé par Guillaume Daubray & sa femme.

Troisiéme Dimanche. Salut, Exposition & Vespres du S. Sacrement fondé par Jacques le Large, Prestre.

Troisiéme Jeudy. Salut, Exposition & Vespres du S. Sacrement fondé par Marie le Maire, veuve François Jacques.

Quatriéme Dimanche. Salut, Exposition & Vespres du S. Sacrement fondé par Jacques le Large, Prestre.

Quatriéme Jeudy. Salut, Exposition & Vespres du S. Sacrement fondé par Estiennette Verité, veuve Claude Chaudun.

MARS.

Premier Dimanche. Salut, Exposition & Vespres du S. Sacrement du fonds de Guillaume Daubray.

Premier Jeudy. Salut, Exposition & Vespres du S. Sacrement fondé par Guillaume Frezon.

Second Dimanche. Salut, Exposition & Vespres du S. Sacrement fondé par Jean-Baptiste Mathieu.

Second Jeudy. Salut, Exposition & Vespres du S. Sacrement fondé par Guillaume Daubray.

Troifiéme Dimanche. Salut, Exposition & Vefpres du S. Sacrement fondé par Jacques le Large, Preftre.

Troifiéme Jeudy. Salut, Exposition & Vefpres du S. Sacrement fondé par Marie le Maire, veuve François Jacques.

Quatriéme Dimanche. Salut, Exposition & Vefpres du S. Sacrement fondé par Jacques, le Large, Preftre.

Quatriéme Jeudy. Salut, Exposition & Vefpres du S. Sacrement fondé Eftiennette Verité, veuve Claude Chaudun.

AVRIL.

1^r. Dimanche. Salut du Saint Sacrement, du fonds de Guillaume Daubray.

1^r. Jeudy. Salut du S. Sacrement fondé par Guillaume Frezon.

2e. Jeudy. Salut du S. Sacrement fondé par Guillaume Daubray.

3e. Dimanche. Salut du S. Sacrement fondé par Jacques le Large, Preftre.

3e. Jeudy. Salut du S. Sacrement fondé par Marie le Maire.

4e. Jeudy. Salut du S. Sacrement fondé par Eftiennette Verité, veuve Claude Chaudun.

MAY.

Saint Jacques S. Philippes. Salut Vefpres du jour fondé par Jacques le Large, Preftre.

1^r. Dimanche. Salut, Exposition & Vefpres du S. Sacrement, du fonds de Guillaume Daubray.

2e. Second Jeudy. Salut du S. Sacrement fondé par Guillaume Daubray.

28. Fefte de S. Germain Patron. Salut fondé par Claude le Roy, veuve Nicolas Coûture, femme de Georges Coûtard.

JUIN.

1^r. Dimanche. Salut du Saint Sacrement, du fonds de Guillaume Daubray.

2e. Jeudy. Salut du S. Sacrement fondé par Guillaume Daubray.

24e. Nativité de Saint Jean-Baptifte. Salut, Exposition & Vefpres du S. Sacrement fondé par Edme de Lanclufe, & Barbe Marie Renoul fa femme.

JUILLET.

JUILLET.

1.ˢ Dimanche. Salut du Sacrement du fonds de Guillaume Daubray.
2.ᵉ Jeudy. Salut du S. Sacrement fondé par Guillaume Daubray &
25. Tranflation de S. Germain. Salut fondé par Claude le Roy, veuve Nicolas Coûture-femme de Georges Coûtard.

A O U S T.

1.ᵉ Dimanche. Salut du Saint Sacrement du fonds de Guillaume Daubray.
2.ᵉ Jeudy. Salut du S. Sacrement fondé par Guillaume Daubray.
Le 15. Affomption de Nôtre-Dame. Salut, Expofition & Vefpres du Saint Sacrement fondé par Edme de Lanclufe & Barbe Renoul fa femme.

SEPTEMBRE.

1.ˢ Dimanche. Salut du Saint Sacrement du fonds de Guillaume Daubray.
2.ᵉ Jeudy Salut du S. Sacrement fondé par Guillaume Daubray.
8.ᵉ Nativité de Nôtre-Dame. Salut, Expofition & Vefpres du S. Sacrement fondé par Jeanne Legé, veuvé Auguftin Courbé·

O C T O B R E.

1.ˢ Dimanche. Salut du Saint Sacrement du fonds de Guillaume Daubray.
2.ᵉ Jeudy. Salut du S. Sacrement fondé par Guillaume Daubray.
9.ᵉ S. Denis. Salut, Expofition & Vefpres du S. Sacrement fondé par Claude Pocquet.

N O V E M B R E.

1.ˢ Dimanche. Salut du Saint Sacrement du fonds de Guillaume Daubray.
2.ᵉ Jeudy. Salut du S. Sacrement fondé par Guillaume Daubray.

D E C E M B R E.

1.ˢ Dimanche. Salut du Saint Sacrement du fonds de Guillaume Daubray.

L l

1ᵉ. Jeudy. Salut du S. Sacrement fondé par Guillaume Frezon, & Marie Hachette.

1ᵉ. Dimanche. Salut du Saint Sacrement fondé par Jean-Baptiste Mathieu, & Barbe Renoul.

8ᵉ. La Conception de Noſtre-Dame. Salut, Expoſition du Saint Sacrement fondé par Jeanne Logé.

2ᵉ. Jeudy. Salut du S. Sacrement fondé par Guillaume Daubray.

3ᵉ. Dimanche. Salut du S. Sacrement fondé par Jacques le Large, Preſtre.

3ᵉ. Jeudy. Salut du S. Sacrement fondé par Marie le Maire, veuve François Jacques.

4ᵉ. Dimanche. Salut du S. Sacrement fondé par Jacques le Large, Preſtre.

4ᵉ. Jeudy. Salut du S. Sacrement fondé par Eſtiennette Verité, veuve Chaudun.

5ᵉ. Jeudy. Salut du S. Sacrement fondé par René Veron, Preſtre où un autre cinquiéme Jeudy.

31ᵉ. Et dernier. Salut du S. Sacrement fondé par Marie Bonnet, & Jeanne Caillot, diſtribution à Monſieur le Curé de douze ſols ſeulement.

Petits Saluts où ſe diſent les Veſpres de la Sainte Vierge la veille des cinq Feſtes Solemnelles de Noſtre-Dame, à cinq heures du ſoir.

Petit Salut de la Sainte Vierge le 1ᵉ. Février Veille de la Purification, du fonds de Bertault Vieillard.

Petit Salut de la Sainte Vierge le 24ᵉ. Mars veille de l'Annonciation de Noſtre-ame du fonds de Pierre Coſſé.

Petit Salut de la Sainte Vierge. 14ᵉ. Aouſt veille de l'Aſſomption de Noſtre-Dame, du fond de Pierre Coſſé.

Petit Salut de la Sainte Vierge. 7ᵉ. Septembre, veille de la Nativité de Noſtre-Dame du fonds de Pierre Coſſé.

Petit Salut de la Sainte Vierge. 7ᵉ. Decembre, veille de la Conception de Noſtre-Dame du fonds de Pierre Coſſé.

A PARIS, De l'Imprimerie d'ANTOINE FOURNOT, Imprimeur ordinaire du Roy, Pont Saint Michel, prés le Marché-Neuf, à l'Ecreviſſe, 1698.

9 782014 428711